작은 도서관 만들기 운동_도서관 개설 현황(2008.07 현재)

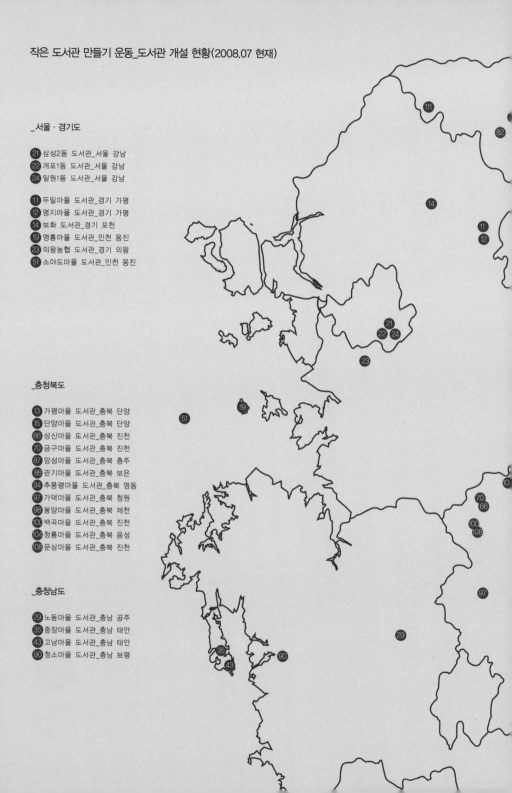

_서울 · 경기도

㉑ 삼성2동 도서관_서울 강남
㉒ 개포1동 도서관_서울 강남
㉔ 일원1동 도서관_서울 강남

⑪ 두밀마을 도서관_경기 가평
⑫ 명지마을 도서관_경기 가평
⑭ 보화 도서관_경기 포천
⑲ 영흥마을 도서관_인천 옹진
㉓ 의왕농협 도서관_경기 의왕
(51) 소야도마을 도서관_인천 옹진

_충청북도

⑬ 가평마을 도서관_충북 단양
⑮ 단양마을 도서관_충북 단양
(66) 상신마을 도서관_충북 진천
(70) 금구마을 도서관_충북 진천
(87) 앙성마을 도서관_충북 충주
(88) 관기마을 도서관_충북 보은
(94) 추풍령마을 도서관_충북 영동
(97) 가덕마을 도서관_충북 청원
(98) 봉양마을 도서관_충북 제천
(100) 백곡마을 도서관_충북 진천
(104) 청룡마을 도서관_충북 음성
(108) 문상마을 도서관_충북 진천

_충청남도

㉙ 노동마을 도서관_충남 공주
㉟ 중장마을 도서관_충남 태안
㊸ 고남마을 도서관_충남 태안
(90) 청소마을 도서관_충남 보령

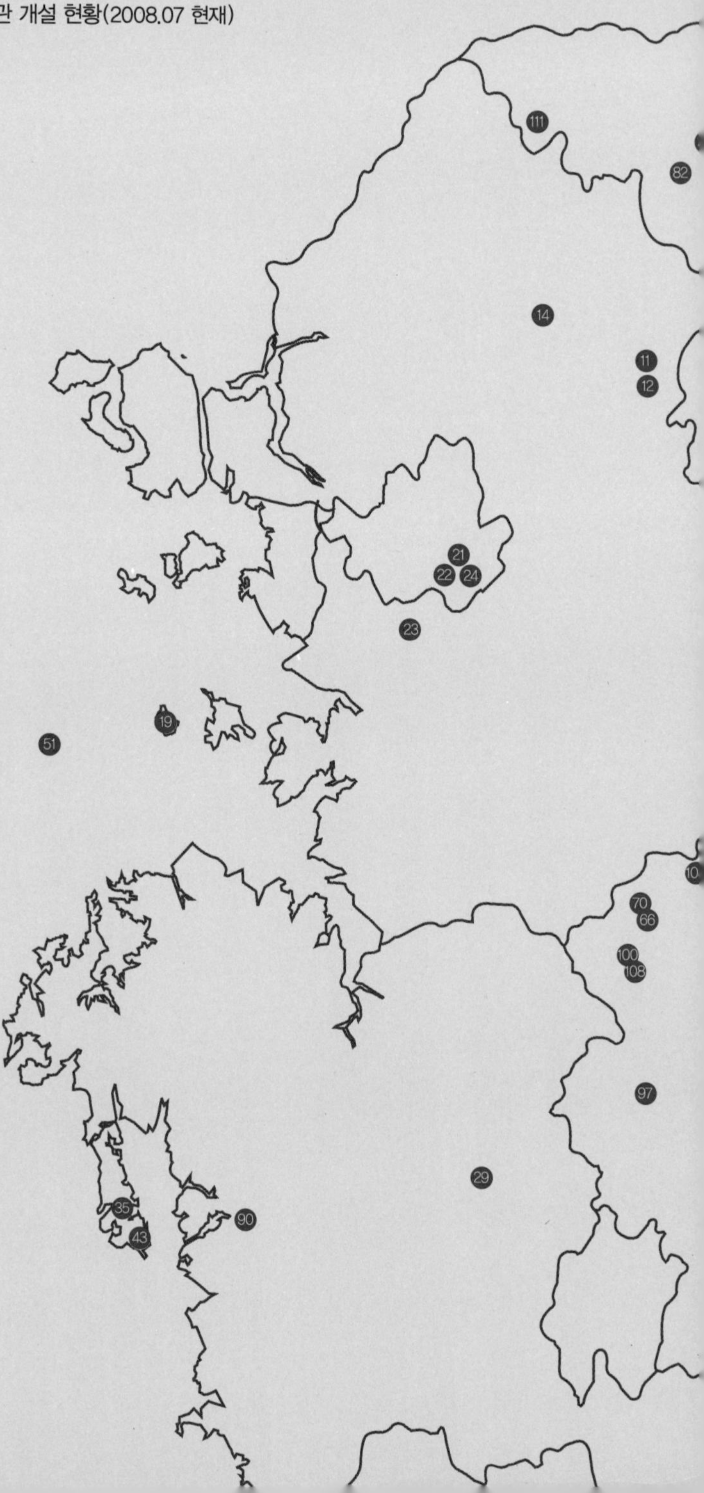

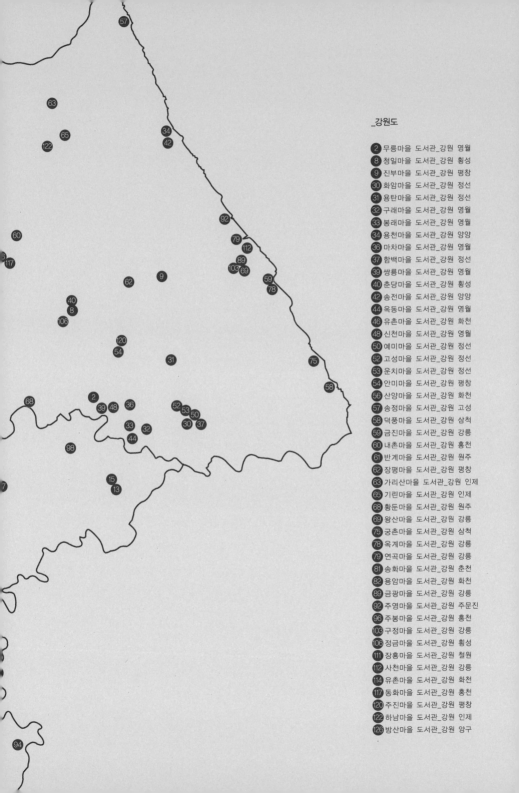

_강원도

2 무릉마을 도서관_강원 영월
8 청일마을 도서관_강원 횡성
9 진부마을 도서관_강원 평창
30 화암마을 도서관_강원 정선
31 용탄마을 도서관_강원 정선
32 구래마을 도서관_강원 영월
33 봉래마을 도서관_강원 영월
34 용천마을 도서관_강원 양양
36 마차마을 도서관_강원 영월
37 함백마을 도서관_강원 정선
39 쌍룡마을 도서관_강원 영월
40 춘당마을 도서관_강원 횡성
42 송전마을 도서관_강원 양양
44 옥동마을 도서관_강원 영월
46 유촌마을 도서관_강원 화천
48 신천마을 도서관_강원 영월
50 예미마을 도서관_강원 정선
52 고성마을 도서관_강원 정선
53 운치마을 도서관_강원 정선
54 안미마을 도서관_강원 평창
56 산양마을 도서관_강원 화천
57 송정마을 도서관_강원 고성
58 덕풍마을 도서관_강원 삼척
59 금진마을 도서관_강원 강릉
60 내촌마을 도서관_강원 홍천
61 반계마을 도서관_강원 원주
62 장평마을 도서관_강원 평창
63 가리산마을 도서관_강원 인제
65 기린마을 도서관_강원 인제
68 황둔마을 도서관_강원 원주
69 왕산마을 도서관_강원 강릉
75 궁촌마을 도서관_강원 삼척
78 옥계마을 도서관_강원 강릉
79 연곡마을 도서관_강원 강릉
81 송화마을 도서관_강원 춘천
82 용암마을 도서관_강원 화천
89 금광마을 도서관_강원 강릉
92 주영마을 도서관_강원 주문진
96 주봉마을 도서관_강원 홍천
103 구정마을 도서관_강원 강릉
106 정금마을 도서관_강원 횡성
111 장흥마을 도서관_강원 철원
112 사천마을 도서관_강원 강릉
114 유촌마을 도서관_강원 화천
117 동화마을 도서관_강원 홍천
120 주진마을 도서관_강원 평창
122 하남마을 도서관_강원 인제
126 방산마을 도서관_강원 양구

내 생애
단 한 번의
약속

내 생애
단 한번의
김수연 산문집 # 약속

문이당

세상을 향해 낮은 마음을 꽃처럼 바치다

서영은_소설가

그날의 일은 마치 〈헌화가獻花歌〉의 한 장면 같았다.

소격동에 있는 한복 디자인 연구소 '단'에서 한 신사분을 만났다.

희끗희끗한 머리에 위풍당당한 풍채의 그 신사는 앉은자리에서 벌떡 일어나 나에게 의아하리만큼 공손하고 정중하게 허리를 굽혀 절을 했다. 나 역시 정중하게 맞절을 하면서도 내심 어리둥절했다. 나의 무엇이 이 신사분으로부터 이런 대접을 받게 하는가. 게다가 그분 앞에는 그해의 가장 아름다운 여성으로 뽑힌 이하늬양이, 희고 긴 팔을 드러내고 청바지로 꽉 조인 미끈한 두 다리를 가지런히 포갠 채 고혹적인 미태를 뽐내고 있지 않은가.

'단' 원장이 그 신사를 '김수연 목사님'이라고 소개를 하자마자, 자칭 독실한 기독교 신자인 나는 내심 스쳐 간 속물적 헤아림을 황급히 접고, 다소곳이 고개를 숙인 자세로 마주 앉았다. '다도' 전문가이기도 한 단 원장이 찻잔에 부어 준 은은한 향기의 쑥차를 마시며, 나는 설교를 듣는 신자와 같은 마음가짐으로 그분의 이야기를 듣고만 있었다.

활달하고 거침없는 어조임에도, 그 기저엔 낮게 엎드린 마음이 있어, 함께한 사람들은 모두 자신들이 참으로 존중받고 있다는, 따스하고도 흐뭇한 느낌을 갖지 않을 수 없었다.

초면인 자리에서 부끄러움이 많은 내가 소리 내어 웃음을 터뜨렸다. 그러고 나서 문득 벽에 걸려 있는 능소화빛 저고리를 가리키며 "저 빛깔 참 신비스럽다"라고 말했는데…….

그분이 대뜸 이렇게 화답했다.

「참 아름답지요. 한번 입어 보세요.」

그분의 말투는 이미 그 아름다움을 마음에 담고 있어 누가 그걸 보아 주지 않나, 내내 기다리고 있었던 듯했다. 뒤이어 그분이 다시 덧붙였다.

「제가 선물하겠습니다. 이양도 맘에 드는 거 있으면 입어 봐.」

타고난 아름다움 때문에 가는 곳마다 넘치도록 찬사를 받아 온 이 하늬양에겐 종종 있어 온 일인 듯싶었다.

　그러나 나에겐 그 까닭을 알 수 없는 졸지의 일로 받아들여졌다. 처음엔 사양했다. 그분이 웃으며 또다시 나를 부추겼다. 계속 사양을 하면 실례가 될 것 같았다. 잠시 후 이양과 나는 옷을 갈아입고 홀로 나갔다.

「와, 잘 맞네. 내 생각이 맞았어.」

　즐거워하는 그분의 호탕한 웃음은, 나로 하여금 아무 의심 없이 외간남자 앞에서 여자인 것이 이처럼 행복한 일일 수도 있구나,라고 깨닫게 했다.

　그렇더라도 적지 않은 금액의 옷을 초면에 아무 이유 없이 받는다는 것은 내키지 않는 일이었다. 그냥 입어 본 것만으로, 보는 이도 입어 본 나도 즐거웠으니 그것으로 됐다고 생각했는데, 그분은 기어이 선물이라고 안겨 주었다.

　나는 꼭 전설 속의 그 행복한 여인, 수로 부인이 된 것 같았다. 암소를 끌고 지나가다가, 꽃을 보고 아름답다고 감탄하는 여인이 있어, 그걸 알아본 것이 너무나 기특하여 위태로운 절벽을 기어오르는 수

고도 마다하지 않고, 꽃을 꺾어 바친 어떤 노인을 두고 미당 서정주
는 이렇게 노래했다.

꽃은 벼랑 위에 있거늘,
그 높이마저 그만 잊어버렸던 것일까?
물론
여간한 높낮이도
다아 잊어버렸다

하지만 가만히 앉아서 꽃을 받는 것이 서투른 나는, 내내 그 이유
가 뭔지 궁금했다.

어느 날 초인종이 울려서 나가 보니 보자기에 싸인 상자를 들고
한 남자가 서 있었다. 김수연 목사님이 보냈다고 했다. 명절이 가까
운 때이긴 했다. 그렇더라도 그날 이후 얼굴을 본 일 없는 나한테까
지······.

그것은 시작에 불과했다. 어느 날은 택배로 토마토가, 감자가, 의
성 마늘이, 물 좋은 제주 갈치가 김수연 목사님 이름으로 배달되었

다. 그러다 직접 기르셨다는 고랭지 배추까지 한 차가 왔다. 그때까지 나는 목사님을 직접 만난 일이 없었다. 그분이 나한테 이렇게 잘 해 주시는 이유가 뭘까. 그 이유가 궁금하다, 궁금하다 하던 끝에 "아, 아무 이유도 없구나"라고 깨달아진 것은 마음뿐만 아니라 몸도 함께였다.

마당 한켠에 쌓아 올려진 배추 앞에서 팔을 걷어붙이자니 돌연 웃음이 터져 나왔다. 혼자된 이후로 내 손으로 김장을 해보기는 처음이었다. 김장을 해서, 나도 이유 없이 주변 사람들에게 나누어 주었다.

그 무렵에서야 나는 비로소 그분이 하고 있다는 '작은 도서관 만들기 운동'에 대해 관심을 가지게 되었다. 물론 그분이 그 일을 20년째나 지속해 온 것도, 다른 이의 도움 없이 사재를 털어 해온 것도 알고 있었다. 더욱이 나는 책을 쓰고, 책을 만들어 온 사람이므로, 자신을 위해 수고하신다는 생각까지 들었다. 그럼에도 너무 거창한 명분 앞에서는 뒤로 숨는 성격 탓에 그저 무덤덤하게 지내 왔다.

하지만 이제는 '그분이 하는 일이라면' 적극적으로 도울 수 있겠다는 판단이 섰다. 산문집 《일곱 빛깔의 위안》 백 권을 가지고 자진해서 책을 나눠 주는 행사에 동참해 보았다.

그날 책 버스는 설악산 입구에서 무료로 책을 나눠 주는 행사를 가졌다. 단풍을 보기 위해 전국에서 모여든 행락객들이 인산인해를 이루었지만, 책 버스 앞은 한산했다. 그분은 개의치 않고 자신이 직접 지나가는 행인들을 붙잡고 책을 받아 가라고 이끌었다. 이끌려 오는 사람도 있었고, 뿌리치고 가는 사람도 있었다. 처음엔 한심스러운 도로徒勞처럼 보였으나 수북이 쌓여 있던 책들은 모두 독자의 품에 안겼다.

먹고 마시고 떠들러 온 사람들을 한 사람 한 사람 책 읽는 독자로 바꾸어 놓는 그분의 정성은 신념 그 이상의 무엇이었다. 그것은 내 마음에 아프기도 슬프기도 쓸쓸하기도 한 여운을 남겼다.

저 비어 있는 간절한 신념은 얼마만 한 아픔이 남긴 자유로움인가. 매일매일 저미고 쑤시는 죽음 끝에 새로워지는 그 허허로운 발걸음으로 뒤따라가는 십자가의 길.

김수연, 그 이름은 더 이상 명사名詞가 아니었다. 나누다, 사랑하다를 사는 불꽃 같은 동사動詞였다.

나날이 더욱 깊은 확신에서 우러나는 이 행보와 마주친 사람들은 나처럼 그 이유를 궁금해할 것이다. 그러나 마침내 그 이유 없음을 깨닫는 순간, 그분이 진짜 나누고 싶어 하는 그것, '아하!' 하는 미소를 머금게 될 것이다.

그 거리낌 없는 행보 뒤의 낮은 마음을 종교라 부를 수밖에 없다 해도, 나는 오래도록 시로 기억하고 싶다.

다시 그날의 일로 돌아가서, 시인은 〈헌화가〉를 이렇게 마무리 짓고 있다.

한없이

맑은

공기가

요샛말로 하면 — 그 공기가

그들의 입과 귀와 눈을 적시면서

그들의 말씀과 수작들을 적시면서

한없이 친한 것이 되어 가는 것을

알고 또 느낄 수 있을 따름이었다.

　누구에게나 세월이 흘러도 잊혀지지 않는, 고통스러운 기억이 한 두 개쯤은 있을 것입니다. 저 역시 그렇습니다. 한순간의 실수로 사랑하는 아이를 잃고 그 충격이 살을 뚫고 들어와 고스란히 몸 안에 자리 잡았습니다. 지울 수도 버릴 수도 없는 내 삶의 일부가 되어 함께 숨을 쉬며 나를 따라다녔습니다. 어딜 가든 내 발걸음은 늘 비틀거렸습니다. 세상에 취해 분별없이 살았던 젊은 날이 만든 기억으로 인해 가슴 한쪽이 늘 시리고 아렸습니다. 단 한 순간이라도 그 아픈 기억에서 벗어나 자유로울 수 있기를 바랐습니다.

　이제는 그 고통스러운 기억을 내려놓고 싶습니다. 바위덩이처럼 몸 안 깊은 곳에 들어앉아 묵직한 통증으로 나를 옥죄이던 그 단단

한 껍질을 깨고, 덧나 곪고 썩은 회한의 상처들을 죄다 끄집어내어 망각의 강물로 흘려보내고 싶습니다. 그것이 잘난 것 없는 이 작은 이야기를 한 권의 책으로 묶은 이유이기도 합니다.

원래는 제가 사는 강원도 산촌 사람들의 순박한 이야기들과 느리게 사는 여유로움, 그리고 꾸밈없는 자연에 대해 쓰기 시작한 글입니다. 그러던 것이 살이 붙고 이야기가 길어져 젊은 날의 고뇌와 상처까지 고스란히 내보이게 되었습니다. 막상 마음속 응어리들을 풀어놓고 보니 잘했다는 생각이 들기도 합니다. 이제 영원히 죽는 날까지 가지고 갈 상처는 없습니다. 언젠가 내려놓아야 하는 게 기억이고 보면, 어쩌면 지금 이 순간, 오늘 하루가 바로 그날인지도 모르겠습니다.

성냥이 없던 시절, 우리 조상들은 화로에다가 아궁이의 불씨를 담아 보전했다고 합니다. 양갓집 며느리들은 불씨를 꺼뜨리지 않고 보존하는 일이 무엇보다 큰일이었을 것입니다. 이제 나는 이웃과 책을 나누는 이 운동을 통해 우리 모두의 가슴속에 지혜의 불씨를 살려

가고자 합니다. 훗날 누구든 도서관 귀퉁이에서, 혹은 어느 낡은 서가에서 제 이야기를 만난다면, 그리하여 책에 대한 불씨를 계속해서 살려 나간다면 우리의 미래는 보다 더 밝아질 것입니다.

우리는 모두 행복하게 살기를 원합니다. 행복한 미래를 만들어 가기 위해 부지런히 일하며 꿈을 꿉니다. 작은 돌멩이 하나가 연못에 긴 파동을 만들듯 이 일이 책과 책을, 지식과 지식을 나누는 일에 그치지 않고 서로의 마음과 마음을 이어 모두가 꿈꾸는 행복한 세상이 만들어지기를 간절히 소망합니다.

2008년 7월
강원도 산촌 수림대에서

목 차

발문   5
작가의 말   13

 세상의 모든 생명에는 이야기가 있습니다

책길 따라 버스 여행   23
천국으로 떠난 아이의 마지막 소망   28
물 한 방울이 대지에 생명을 틔우듯   35
한 바가지 똥물에 담긴 깨달음   42
외나무다리를 건너다   51
길 위에서 길을 묻다   59
책 사시오, 책을 사   64
우연히 들어선 기자의 길   71
눈 내리던 밤, 책을 타고 무한 여행을 떠나다   77

잘사는 이유가 궁금하세요?   83
학교를 지역 문화 공간으로   89

 내리막 다음엔 오르막이 있어 삶은 희망입니다

책 퍼주는 남자   95
책 버스는 오늘도 달린다   102

밥은 거지를 만들고 책은 부자를 만든다　108

마음이 같으면 길은 하나로 통한다　113

천상의 오케스트라 화음　119

구두야, 휴대폰아, 바퀴야, 미안하다　125

천국으로 보내는 백만 송이 민들레　129

그곳에는 꼬마 전기수들이 산다　135

안녕하세요, 저는 책 배달부 강노을입니다　139

 금이 간 자리가 있어야 생명이 자라납니다

떴다! 유포리 철가방　145

산촌 수림대 마을　150

신주가 된 지팡이　155

봄맞이 장 담그는 날　162

산나물아 꼭꼭 숨어라　168

여름, 개울에 앉아 물과 이야기를 나누다　172

잡초를 뽑다가 문득 돌아보다　177

가을, 발자국마다 삶의 의미를 되새기다　183

산골 수림대에 첫눈이 내립니다　188

뱃속 아이에게도 책을!　193

책과 평생 벗하며 사는 방법　198

작은 이야기들이 모여 행복이 쌓입니다

내 마음속의 어머니   205

다시 찾은 세장산   211

세상 단 하나뿐인 금고   216

조상의 가르침대로 산다는 것   221

거지의 얼굴에서 예수님을 보다   226

내 별명은 걸레와 염장이   231

기사님은 어느 쪽으로 가십니까?   235

따스한 밥을 나누는 책 교회   238

신과의 대화   243

당신이 보고 계십니다   250

.

세상의 모든 생명에는 이야기가 있습니다

책길 따라
버스 여행

봄바람이 꽃내음을 싣고 산들거리는 어느 날 오후.
초록빛이 눈부신 버스 한 대가 구불구불한 산길을 달려간다.
버스 측면에는 책들이 큼지막하게 그려져 있다.
산모롱이를 돌 때마다 버스에 실린 책들이 좌로 우로 기우뚱댄다.

비포장 산길에 먼지가 뿌옇게 일어난다.
버스는 숨바꼭질하듯 산과 들, 동구 앞 미루나무와 논밭을 갈아엎
는 농부들, 시냇가의 수양버들과 졸졸졸 흐르는 개울을 건너 드디어
숲 속에 보일 듯 말듯 들어앉은 작은 시골 초등학교 운동장으로 들
어선다.
「와, 버스 무지 크다!」

「어, 책이네. 책이다. 책 버스다!」

버스가 운동장으로 들어서자 여기저기서 환호성이 터진다.

「가자, 버스로 가보자!」

교실에서, 운동장에서, 화단에서, 복도에서, 버스를 발견한 아이들이 저마다 하던 일을 멈추고 신이 나서 전력 질주를 시작한다. 버스 주변으로 송글송글 땀 맺힌 까무잡잡한 얼굴들이 하나 둘씩 모여든다.

「할아버지, 들어가게 해주세요.」

「문 열어 주세요.」

버스 안, 책장에는 2천 권이 넘는 책들이 빼곡히 꽂혀 있다.

「이 책 다 읽어도 되는 거예요?」

나는 팔을 벌려 아이들을 한 명 한 명 품어 본다.

「물론이지, 마음껏 읽어라!」

아이들은 의자에 앉아 좋아하는 책을 붙들고 시간 가는 줄 모른다.

아이들이 책 읽기 삼매경에 빠진 사이 나는 '작은 도서관 만드는 사람들'의 후원으로 새롭게 문을 연 마을 도서관을 둘러본다. 초등학교 교실을 개조해 만든 도서관에는 아이들과 어른들이 고루 볼 수 있는 약 3천여 권의 책들이 서가를 가득 메우고 있다. 비록 대도시 도서관처럼 크지는 않지만 책의 종류는 동화책에서부터 잘나가는 성인용 베스트셀러까지 다양하다.

책 읽는 버스에선 동행한 '색동어머니회' 소속 봉사자들의 구연동

화가 한창이다. 아이들이 책 버스에 올라 환상 속으로 여행을 계속
하는 동안, 도서관에선 학교 선생님들과 지역 주민들을 대상으로 푸
름이 아빠의 독서 특강이 열리고 있다.

도서관을 나와 천천히 운동장을 거닐어 본다.
「할아버지, 할아버지.」
1, 2학년쯤 돼 보이는 어린 남자 아이가 나를 발견하고 달려온다.
「넌 이름이 뭐냐?」
「하늘이요.」
「멋진 이름이네.」
나는 아이의 머리를 쓰다듬으며 웃는다.
「할아버진 누구예요?」
아이의 눈에 호기심이 가득 번져 있다.
「책 할아버지지.」
「책 할아버지요?」
「그래, 우리 친구들이 책을 많이 읽을 수 있도록 책을 선물하는 사
람이야.」
「왜 책을 읽어야 하는데요?」
「책 속엔 뭐든지 다 들어 있단다. 꿈을 이룰 수 있도록 도와주기
도 하고 행복하게 살아갈 수 있도록 길을 가르쳐 주기도 한단다.」
「정말요?」

「그럼. 넌 이다음에 무엇이 되고 싶니?」

「저는요, 우주선을 타고요, 달에도 가고, 별에도 가고, 멀리멀리 다 가보고 싶어요.」

「그래, 참으로 멋진 꿈이구나. 근데 가는 방법은 아니?」

「아뇨.」

「그러니까 책을 읽어야 한다는 거다. 책 속에 무엇이든 다 들어 있다고 했지? 달에 가는 방법도, 별에 가는 방법도 책 속에 모두 들어 있단다.」

「정말이죠?」

「물론, 자 할아버지와 약속하자. 책 열심히 읽어서 꼭 네 꿈을 이루겠다고!」

「네! 약속해요.」

아이와 나는 굳게 새끼손가락을 건다.

운동장 한구석 의자에 앉아 멀어지는 아이를 바라본다.

「아들아, 현준아…….」

멀어지는 아이의 뒷모습은 영락없이 내 아이를 닮아 있다.

아직 살아 있다면 어른이 되어 장가도 가고 손자도 안겨 줬을 내 아이, 누구보다도 책을 좋아했던 아이, 질문이 많아 제 아빠와 엄마를 한시도 가만 두지 않았던 아이, 낳은 지 6년 80일 만에 가슴에 묻어야 했던 사랑하는 내 아이, 현준이.

가슴이 아려 눈을 감는다.

'그래, 언젠가 현준이와 나도 약속을 했었지…….'

「목사님, 목사님, 다들 모여 있어요.」

부르는 소리.

「어허, 그래? 날씨가 참 좋군.」

나는 감정을 추스를 겨를도 없이 몸을 일으킨다. 행사의 마지막 순서, 지역 주민들과 아이들에게 선물도 나누어 주고 책의 중요성을 일깨울 시간이다.

'아빠, 기운 내요.'

아들의 목소리가 환청처럼 귀를 울린다.

'그래, 기운 내마.'

문득 올려다본 하늘은 푸르게 익어 가고 있다.

현준이는 비록 내 곁을 떠났지만 책을 선물받고 좋아하는 아이들에게서 나는 살아 숨 쉬는 현준이를 느낄 수 있다.

이제 그 아이들을 만나러 갈 시간이다.

천국으로 떠난
아이의 마지막 소망

꽃을 꺾기 위해 가시에 찔리듯

사랑을 얻기 위해

내 영혼의 상처를 감내한다

상처받기 위해 사랑하는 것이 아니라

사랑하기 위해 상처받는 것이므로

— 조르드 상드, 〈상처〉 중에서

1984년 12월 19일 오후.

나는 가벼운 두통을 참으며 김포공항으로 향했다. 방한하는 세계
보이스카우트연맹 총재를 인터뷰하기 위해서였다. 자동차는 복잡한
도심을 벗어나 빠른 속력으로 공항로를 내달렸다. 한바탕 눈이라도

내리려는지 하늘은 잔뜩 찌푸려 있었다.

잠시 후에 닥쳐 올 비극의 순간을 알지 못한 채 인터뷰할 내용을 점검하느라 분주했다. 머릿속은 평소처럼 일에 대한 생각으로 가득했다. 어떻게 하면 더 좋은 화면을 잡아낼 수 있을까. 어떻게 하면 새로운 이야기를 끄집어낼 수 있을까. 세계보이스카우트연맹이 당면한 과제는 무엇일까…….

차에서 내리자 현기증이 날 정도로 두통이 심해졌다. 나는 화장실로 들어가 손을 씻고 얼굴에 찬물을 끼얹었다. 두통 때문인지 안색이 평소답지 않게 검붉었다. 뒤따라 들어온 사진 기자가 무슨 일이냐며 걱정해 주었다. 나는 별일 아니라고 얼버무리며 거울에 비친 옷매무새를 바로잡았다. 인터뷰는 순발력 싸움이다. 인터뷰 대상이 비행기에서 내려 공항을 빠져나가기까지 짧은 시간을 최대한 활용해야 한다. 익숙한 일임에도 비행기 도착 시간이 가까워지면 바싹 긴장을 하게 된다.

드디어 비행기가 도착하고 나는 카메라 기자와 함께 재빨리 입국장으로 달려갔다. 세계보이스카우트연맹 총재가 나타나자 나는 마이크를 들이대며 옆으로 따라붙었다. 미리 머릿속에 준비해 둔 질문대로 인터뷰는 술술 풀려 나가는 듯했다. 바로 그때 누군가 살짝 어깨를 쳤다. 기자실 여직원이 뒤로 다가와 쪽지를 건네주었다. 긴급 상황임을 직감하고 쪽지를 펴보았다.

'영동세브란스병원 중환자실 아들 사고'

쪽지를 확인하자마자 온몸의 피가 역류하며 가슴이 뛰었다.

'중환자실이라니? 사고라니? 도대체 무슨 소릴까.'

인터뷰를 어떻게 마쳤는지 모르겠다.

「김 기자님, 어딜 가십니까? 무슨 일이에요?」

나는 대답하지 않았다. 동료들을 뒤로 하고 주차장을 향해 뛰었다. 머릿속이 하얘지며 바닥과 건물 천장이 한 바퀴 빙그르르 돌았다. 무슨 일인가 일어났다는 불길한 예감이 전신을 휘감았다. 첫째일까, 둘째일까, 도대체 아이가 왜 중환자실에 입원했단 말인가. 아니겠지. 무슨 착오가 있는 거겠지.

손이 떨려 자동차 문을 여는 데 한참 동안 애를 먹었다. 차를 타고 전속력으로 가속 페달을 밟았다. 시속 100킬로미터, 120, 130……. 신호도 무시한 채 긴급 사태를 알리는 헤드라이트를 켜고 영동세브란스병원으로 내달렸다. 운전을 하면서, 나는 신에게 빌고 또 빌었다. 내 기도만 들어준다면 어떤 신이라도 좋았다.

'제발 우리 아이를 살려 주십시오. 잘못 들었다고, 우리 아이가 아니라고. 모든 게 거짓이라고 말씀해 주십시오…….'

어떻게 병원에 도착했는지, 사고를 내지 않은 게 기적이었다. 되는 대로 차를 세우고 허겁지겁 중환자실로 올라갔다. 사고를 당한 아이가 둘째 현준이임을 확인하는 순간 나는 그 자리에 털썩 주저앉았다. 피투성이가 된 현준이는 이미 의식이 없었다. 복잡한 장비들을 주렁주렁 매단 채 맥박이 점점 사그라들고 있었다.

「현준아!」

나는 아이 곁에 쓰러져 소리쳐 울고 싶었다. 그러나 울음이 나오지 않았다. 울어 보지 못한 그날의 통곡은 지금도 마음 깊은 곳에 큰 멍으로 남아 있다.

정확한 원인은 밝혀지지 않았지만 집에 불이 났다고 했다. 아이 혼자 집을 지키다가 당한 사고였다. 점심시간이 지나도 엄마가 돌아오지 않자 배가 고픈 나머지 라면을 끓이려 했는지도 모르겠다. 아이는 불을 켜기 위해 작은 키를 기우뚱하며 반복하여 레버를 돌렸고 가스레인지가 오작동을 일으켰다. 불꽃이 튀며 행주로, 도마로, 벽지로 옮겨 붙었고 순식간에 거실 전체가 연기에 휩싸였다.

아이는 욕실로 뛰어 들어가 점퍼로 입과 코를 틀어막고 엄마, 아빠가 달려와 구해 주기만을 기다렸다. 그러나 아무리 불러도 엄마, 아빠는 나타나지 않았다. 그사이 욕실에도 연기가 꾸역꾸역 차올랐다. 아이는 더 참지 못하고 불붙은 거실을 뚫고 베란다로 달렸다. 그리고 질식할 것 같은 연기를 피해 자기 키보다 더 높은 난간을 넘어 허공으로 몸을 던졌다.

현준아, 현준아, 미안하다. 제발 눈을 떠다오. 현준아! 나는 간호사들의 만류에도 불구하고 아이를 끌어안고 볼을 부볐다. 드라마 속의 한 장면처럼 모든 게 비현실적으로만 여겨졌다. 그 순간에도 아이는 산소 호흡기에 의지해 가느다랗게 숨을 내쉬며 아비와의 마지막 이별을 준비하고 있었다.

「아빠, 이상한 꿈을 꾸었어요.」

사고가 나기 며칠 전, 아이가 했던 말이 환영처럼 귀에 맴돌았다.

「무슨 꿈?」

나는 아이를 번쩍 들어 목마를 태운 뒤 거실을 한 바퀴 돌았다. 기자라는 직업 특성상 평일에는 야근을 하기 일쑤고 주말에도 출근하는 날이 많았다. 아이와 대화를 나누기는 흔치 않은 일이라 그날따라 아들의 꿈 얘기가 새삼 흥미로웠다.

「꿈에 하늘나라를 봤어요. 집도, 길도, 자동차도 다 하얬어요. 하얀 천사가요, 이렇게 날갯짓을 하며 막 날아다녔어요.」

나는 피식 웃어넘겼다.

「우리 현준이, 키 크려고 그런 꿈 꿨나 보다.」

아이를 내려놓고 나는 아침 신문을 뒤적였다. 아이는 그림 동화책을 가져온 뒤 내 옆에 앉아 얌전히 책을 읽었다. 나는 그런 아이가 기특해서 등을 토닥여 주었다.

「이야, 현준이가 책을 아주 잘 읽는구나. 그래, 열심히 읽어라. 다른 건 몰라도 아빠가 책은 얼마든지 사줄 테니까.」

「정말이죠? 와, 신난다.」

아이는 책을 들고 자리에서 일어나 뱅뱅 거실을 돌았다.

나는 흐뭇한 마음으로 책 읽는 아이를 지켜보았다. 아이는 한글을 떼자마자 동화책에 취미를 붙여 잠시도 책 곁을 떠나지 않았다. 빨리 학교에 가고 싶다며 제 형의 가방을 메고 놀이터까지 내려갔다가 돌아오기도 하는 사랑스러운 아이였다. 그러나 책을 많이 사주겠다는 그 말은 영영 지키지 못할 약속이 되고 말았다.

또래들보다 몸이 약했던 아이, 그래서 더욱 관심과 보살핌이 필요했던 아이, 가녀린 미소를 지녔던 둘째 현준이는 내가 병원에 도착한 지 2시간 만에 그렇게 꿈에서 본 하늘나라로 영원히 떠나 버렸다. 돌이켜 보면 2시간이라도 살아 있었다는 게 기적이었다.

아이는 연기를 잔뜩 들이마셔 질식한 채 아파트 11층에서 뛰어내렸다. 누구도 아이의 손을 잡아 줄 수 없었다. 그럼에도 불구하고 아이는 못난 아비를 만나기 위해 2시간 동안 삶을 이어 가며 고통스럽게 숨을 내쉬었던 것이다.

아이의 심장이 멈추던 순간, 나는 울부짖었다. 병실을 나와 휘청거리며 비상계단으로 달렸다. 천장에 달린 형광등 불빛 속으로 아이의 웃는 모습이 떠올랐다. 나는 주먹으로 벽을 치며 흐느꼈다. 아이가 세상에 태어나 산 시간은 고작 2,270일에 불과했다. 아이를 죽인 것은 불길이 아니라, 자기 시간에 쫓겨 아이를 지켜 주지 못한 무심한 어른들이었다.

그 사실이 견딜 수 없어 나는 무수히 벽에 머리를 찧었다.

아이의 장례를 어떻게 치렀는지, 아이를 보내고 나서 그 많은 시간을 어떻게 견뎠는지 지금은 자세히 기억나지 않는다. 하지만 아이가 생각날 때마다 나는 아이와의 마지막 약속을 떠올리며 삶을 다독여 왔다. 인간에게 망각이라는 기억 체계가 작동하지 않았다면, 나는 아마 미쳐 버렸거나 살아도 제대로 살지 못했을 것이다.

세상을 향해 책 한 권을 나누는 것.
그것은 하늘로 떠나보낸 내 아이와의 굳은 약속이다.

물 한 방울이
대지에 생명을 틔우듯

집으로 돌아온 뒤, 나는 아이의 흔적을 찾아 온 집 안을 뒤졌다. 집 안은 참혹했다. 거실 전체가 폭격을 맞은 듯 불에 그슬렸고 가전제품도 죄다 녹아 있었다. 사람이 살던 공간이라고는 도저히 생각할 수 없을 정도로, 아비규환의 지옥 같았다.

욕실로 들어서자 낯익은 옷가지가 보였다. 물에 젖은 아이의 점퍼였다. 두 손이 부들부들 떨렸다. 고통스러워하는 아이의 비명이 심장을 찔렀다. 나는 불에 탄 욕실 문을 박차고 뛰어나왔다. 아이가 그랬던 것처럼 거실을 가로질러 베란다로 내달렸다. 생각 같아서는 그대로 허공에 몸을 날리고 싶었다.

나는 아이가 뒤집어쓰고 불길을 견뎠을 그 점퍼를 오래도록 버리지 못했다. 어딘가에서 아직도 아이가 홀로 웅크리고 앉아 아빠 엄마를 애타게 부르고 있을 것만 같았다. 점퍼를 볼 때마다 부모로서 아이를 지켜 주지 못한 내 죄를 생각했다. 죄 없는 아이를 죽여 놓고 숨을 내쉬며 살아 있다는 사실이 부끄러워 견딜 수 없었다.

사고가 났던 그즈음, 아내는 교회에 미쳐 살았다. 교회에서 보내는 시간이 집에 있는 시간보다 많았다. 노상 심방 예배다, 구역 예배다 아침부터 밤늦게까지 돌아다녔다. 당연히 집안 살림은 엉망일 수밖에 없었다. 첫째가 학교에 가면 여섯 살이 된 둘째 현준이는 혼자 집을 지켰다. 그 일로 수차례 아내와 부부 싸움을 벌였지만 교회에 대한 아내의 열정은 좀처럼 수그러들지 않았다.

나는 나대로 집안 꼴이 한심해서 자주 술을 마셨다. 취한 날이면, 집에 있는 성경책을 보이는 족족 베란다로 들고 나가 찢어 버렸다. 아침에 출근하다 보면 화단 위에, 자동차 위에 찢어진 종이들이 눈이 온 것처럼 널려 있었다. 아내는 그때마다 신에 대한 모독이라며 화를 냈다. 나는 아내를 꼬여 내어 가정을 파괴하는 신은 진정한 신이 아니라고 맞받아쳤다. 성경책을 사이에 둔 아내와 나의 신경전은 몇 달이나 계속됐지만 좀처럼 화해점을 찾지 못했다.

한번은 회사에서 숙직을 하고 아침 11시에 집으로 돌아오니 그날도 아내는 집을 비우고 있었다. 아파트 문을 열고 들어가니 현준이가 혼자 방에 앉아 울고 있었다. 나는 자장면 한 그릇을 시켜 아이에게 먹이고 경비실로 내려왔다. 해도 해도 너무하다는 생각밖에 들지 않았다. 새삼 아내에 대한 분노가 솟구쳐 거의 폭발할 지경이었다.

오후 서너 시쯤 되자 어디서 낯익은 웃음소리가 들렸다. 아내가 다른 교인 몇과 이야기를 주고받으며 현관으로 들어서는 게 보였다. 나는 깔고 앉았던 경비실 철제 의자를 들어 현관 밖으로 집어던졌다. 여자들은 비명을 지르며 혼비백산했다. 아주 짧은 순간, 멍하니 선 아내와 눈이 마주쳤다. 나는 집으로 올라와 옷가지 몇 개를 챙긴 뒤 그대로 집을 나와 버렸다.

아이가 죽고 난 뒤에도 아내는 여전히 교회에 다녔다. 아내가 교회에만 다니지 않았어도 아이 혼자 가스레인지를 만지다가 그렇게 참혹하게 죽는 일은 일어나지 않았으리란 생각이 들 때마다 분노가 치밀었다.

교회 신도들과 목회자들도 이해할 수 없기는 마찬가지였다. 아내가 아침부터 밤늦게까지 교회에만 열중인데도 집안 걱정을 해주는 사람은 한 명도 없었다. 제 가족도 챙기지 못하도록 자신의 일만 강요하는 하나님, 그 하나님에 대한 분노를 참을 길이 없어 나는 자주 술을 마시며 눈물을 흘렸다.

아이의 장례식 직후 찾아온, 아내가 다니던 교회 목사의 말은 더욱 가관이었다. 자식을 잃고 슬픔에 잠긴 내게 그는 아드님이 천국에 갔을 테니 기뻐하라며 오히려 활짝 웃는 게 아닌가. 나는 웃고 있는 목사를 향해 주먹을 날렸다. 제 자식이 죽었어도 저런 말을 할까 생각하니 죽여 버리고 싶은 마음뿐이었다.

종교라는 허울 좋은 이름 아래, 교회 전체가 미쳐 돌아가는 것 같았다. 그날의 경험 때문인지 나는 지금도 슬픔을 당한 사람 앞에서 함부로 천국을 입에 담지 않는다. 입에 발린 한마디 말보다 침묵이 슬픔을 함께 나누는 자의 진정한 태도임을 피부로 깨달았기 때문이다.

하지만 돌이켜 보면 아내도 힘든 상황을 견디고 있던 피해자였다. 집에 불이 나기 몇 해 전, 처가는 참혹한 비극을 겪어야 했다. 아내는 딸만 넷인 집안의 첫째로 태어났다. 6·25 때 월남한 장인은 대 이을 사내아이를 낳지 못하자 전쟁 통에 헤어진 조카를 수소문했다. 다행히 조카를 찾았지만 그는 일찍부터 범죄에 발을 들여놓아 전과 15범으로 전락한 처지였다. 어릴 때부터 소매치기에, 도둑질에 수도 없이 교도소를 들락거렸다. 그런 조카를 장인은 사람 만들어 보겠다고 집도 사주고 문구점도 내주며 지극 정성을 쏟았다.

비극은 장인이 폐암에 걸려 자리에 누우면서 시작됐다. 장인에게는 북쪽 전처소생의 딸이 하나 더 있었다. 장인이 자리에 눕자 형제들 간에 상속 문제로 신경전이 벌어졌다. 전처의 딸과 뒤늦게 거둔 조카도 혹시나 하는 기대로 앓아누운 장인 곁을 맴돌았다. 특히 장인이 죽으면 남이나 다름없는 전처의 딸은, 장인이 잠깐 정신을 차리기라도 하면 연필을 쥐어 주고 재산을 나누어 달라고 조르며 각서를 강요했다. 죽음을 앞에 둔 아버지에게 결코 해서는 안 될 불효를 저질렀던 셈이다.

장인이 돌아가시자 본격적인 재산 다툼이 시작됐다. 49제를 지낸 후 전처의 딸은 수시로 장모를 찾아와 장인이 죽기 전 써주었다는 쪽지를 내보이며 재산을 달라고 요구했고, 그 와중에 조카가 끼어들어 기어이 일을 저지르고 말았다.

49제가 끝난 지 나흘째 되던 날 저녁, 조카는 밖에서 술을 마시고 장모를 찾아왔다. 취기가 오른 그는 술김에 재산 문제로 장모에게 행패를 부렸다. 범죄의 구렁텅이에서 건져 올려 가게까지 차려 주었음에도 조카가 그렇게 인면수심으로 나오자 장모는 몹시 노했고, 장모가 크게 꾸짖자 술에 취한 조카는 부엌에서 칼을 가져와 장모를 찔렀다. 그 자리에 있던 막내 처제는 놀라 소리를 지르다가 실신했다. 조카는 반미치광이가 되어 계속 칼을 휘둘렀다.

내가 소식을 듣고 병원으로 달려갔을 때 장모는 이미 숨을 거둔 뒤였다. 피투성이가 된 시신은 차마 눈 뜨고 볼 수 없을 정도로 참혹했다. 칼에 찔린 상처는 자그마치 서른한 군데였다. 나는 알코올을 사다가 장모의 시신을 정성껏 닦았다. 시신을 닦으며 장모의 영혼이 평안을 찾게 해달라고 태어나 처음으로 기도란 걸 해보았다. 사람이 사람을 이토록 참혹하게 죽일 수도 있음에 새삼 치가 떨렸다.

이 사건 이후 아내는 열성적인 기독교 신자가 되었다. 그때 엄청난 충격과 슬픔을 겪은 아내의 상처를 잘 보듬어 주었어야 했는데 나는 나대로 밤낮 없이 일과 술에 치여 그렇게 하지 못했다. 결국 아내는 점점 더 가정이 아닌 교회에 의지하게 되었고 그 결과가 아이의 죽음으로까지 이어지고 만 것이다.

　둘째를 잃고 나서 아내와 나는 별거를 하기로 했다. 불행한 일이 연이어 터지자 나는 새삼스럽게 예전에 들었던 점쟁이의 말이 생각났다. 결혼 전 아내와 나는 궁합을 본 적이 있는데, 그때 점쟁이는 두 사람이 결혼하면 주변 사람들이 다 죽으니 결혼을 하지 말라고 했다. 아내와 나는 설마 하며 그 말을 무시했다. 하지만 실제로 장인, 장모가 연이어 그런 끔찍한 사고로 돌아가시고 아들까지 잃자 덜컥 두려움이 밀려왔다. 남아 있는 첫째라도 살리려면 헤어지는 게 상책이라고 생각했다.

　이별을 결심한 날, 아내와 나는 집 근처 술집에 앉아 밤 새워 술을 마셨다. 아내도 나도 눈물을 펑펑 쏟았다. 별거의 표면적인 이유는 제대로 돌보지 못하고 비참하게 보낸 둘째 아이에 대한 죄책감이었지만, 실제로는 이대로 가다가 첫째마저 잃으면 어떡하나 하는 두려움이 이별의 진짜 이유였는지도 모르겠다. 다른 사람들이 들으면 말도 안 되는 미신이라고 하겠지만 벼랑 끝으로 내몰린 우리는 남은 가족을 지키고 싶었고 지푸라기라도 잡고 싶은 심정이었다.

　별거하는 동안 우리는 서로에게 연락하지 않았다. 별거는 자연스럽게 이혼으로 이어졌고 결국 영영 남이 되고 말았다. 이후 아내는 목회 일을 계속하였고 지금은 신앙심 두터운 전도사가 되었다. 한때 부부의 연을 맺었다 예기치 않은 운명에 떠밀려 남이 되었지만, 그 사이 나는 신학을 공부하여 목사가 되었고 아내는 아내대로 전도사가 되었으니 서로 다른 길을 택해도 결국은 같은 길을 걸어왔던 셈이다.

옛 우화 중에 금 간 항아리 이야기가 있다. 어떤 남자가 물지게로 물을 져 날랐다. 오른쪽 항아리는 집에 도착해도 물이 가득 차 있었지만 왼쪽 항아리는 금이 가서 늘 물이 샜다. 그래도 주인은 새 항아리를 사지 않았다. 보다 못한 마을 사람이 그 남자에게 물이 새는 항아리는 이제 그만 바꾸는 게 좋겠다고 점잖게 충고했다.

그러자 남자가 웃으며 대답했다.

「저기를 보십시오. 제가 물지게를 지고 온 길 왼쪽엔 항상 꽃과 풀이 가득합니다. 하지만 오른쪽은 메마른 황무지에 불과하지요. 비록 항아리에 금이 갔지만 그 항아리의 물이 메마른 대지를 적셔 풀꽃을 자라게 하니 어찌 깨진 항아리를 버릴 수 있겠습니까?」

아이를 잃고 난 뒤부터 내 마음속 항아리에는 메울 수 없는 금이 하나 생겼다. 그리고 그 항아리 속에선 지금도 끊임없이 물이 흘러내리고 있다.

한 바가지
똥물에 담긴
깨달음

밥을 먹어도 모래를 씹는 것 같은 세월이 한동안 계속됐다. 길을 걸어도 쇳덩이를 발에 매단 듯 걸음이 무거웠다. 입에서는 늘 한숨이 떠나지 않았다. 죄의식이 어깨를 짓눌렀다. 비가 쏟아지면 거리로 나가 비를 맞으며 걸었다. 내가 지은 죄를 씻고 싶었다. 비를 맞고 종일 걷다 보면 턱이 덜덜 떨렸다. 그러나 몸에 묻은 먼지는 씻길지언정 마음의 응어리는 결코 씻기지 않았다.

어디서든 위안을 얻고 싶었다. 수첩을 뒤져 옛 친구들의 연락처마다 하나하나 밑줄을 그어 보았다. 그러나 막상 연락을 하고 싶은 사람은 없었다. 당당함과 패기로 똘똘 뭉쳐 있던 내 모습만 기억하는 이들에게 지금의 나를 보여 줄 수 있을까? 매일 자학에 빠졌다. 자신이 없었다. 사람들을 만나 위로받는 대신 오히려 지인들과 연락을 끊고 혼자 고립되어 갔다.

그때 문득 떠오르는 선한 얼굴이 있었다. 목사가 되어 성내동에 교회를 열었으니 지나가면 한번 놀러 오라던 후배였다. 그 후배를 생각하며 나는 헛헛 쓴웃음을 삼켰다. 그토록 교회와 하나님을 증오했는데 하필이면 그 녀석 얼굴이 떠오를 건 또 뭐람. 그 녀석을 만나려면 싫든 좋든 교회에 발을 들여놓아야 하지 않는가. 내 가정을 파멸로 이끈, 하나님이 산다는 그 교회로…….

그러던 어느 날 마치 내 심정을 알기라도 하듯 그 후배한테서 전화가 왔다. 후배는 일이 생겼다며 도움을 요청했다. 집회 허가를 좀 받아 달라는 부탁이었다. 당시만 해도 집시법이 엄하게 적용되던 시절이었다. 웬 집회냐고 물었더니 교회에서 관내 환경 미화원들에게 잔치를 베풀어 준다는 얘기였다. 나는 평소 안면이 있던 관할서 담당자에게 전화를 걸어 행사의 순수한 취지를 설명하고 좋은 일을 하는 모양인데 허가를 좀 내달라고 부탁했다.

「형님, 고맙습니다.」

며칠 뒤 후배에게서 사례 전화가 왔다.

「고맙긴, 좋은 일한 건데. 그나저나 한번 놀러 갈까 하는데 위치나 알려다오. 교회 이름이 뭐야?」

후배가 길을 일러 주며 반갑게 대답했다.

「진짜 오시렵니까? 푸른초장교횝니다.」

「뭐, 푸른 초장? 와사비 아니고?」

나는 농담을 하며 여유를 부렸다. 바로 직전까지도 잔뜩 찌푸린 채 고통스럽게 기억의 늪을 헤매고 있었는데, 통화를 하니 마음의 주름이 펴지며 새로운 기운이 솟아나는 것 같았다. 스스로 생각해도 이상할 정도의 변화였다.

「그래, 내가 내일 오후에 한번 들르마.」

전화를 끊고 후배가 일러 준 곳을 머리에 그려 보았다. 그러자 다시금 부정적인 생각이 머리를 메웠다. 성내동이라면 봉제 공장이 많은 곳 아닌가? 이놈이 공순이들 피 같은 돈 우려 먹을 생각에 거기에 교회를 열었구나. 처음엔 그럴 듯하게 개척 교회입네, 천막 교회입네, 신도들을 현혹하다가 헌금 뜯어 대궐 같은 교회 짓고 나면 언제 그랬냐는 듯 어리석은 양들 위에 떵떵거리며 군림하는 게 목사들이지.

나는 물어물어 푸른초장교회를 찾아갔다. 목적지를 곁에 두고도 몇 번이나 골목을 헤맸다. 교회라면 적어도 번듯한 건물에 눈에 띄는 네온 십자가 정도는 걸어 두어야 하는데 후배의 교회는 일반적인 이미지와 거리가 멀었기 때문이다. 십자가는 작아서 보일 듯 말 듯 했고 건물은 교회인지 창고인지 구별할 수 없을 정도로 허름한 봉제 공장 3층이었다. 귀신이라도 나올 것 같았다.

'교회라고 다 같은 교회가 아니구나.'

나는 깊은 충격을 받았다.

「형님 오셨어요?」

먼지 날리는 계단을 조심스레 올라가니 후배가 웃으며 나를 맞아 주었다.

「형님도 드시렵니까?」

마침 후배는 라면을 끓여 먹으려던 참이었다.

「그래, 같이 먹자.」

후배와 나는 라면에 찬밥까지 말아 맛있게 한 끼를 뚝딱 해치웠다.

「야, 아무리 그래도 명색이 목산데 라면이 뭐냐?」

「뭐 어때요.」

후배는 해맑게 웃으며 이마의 땀을 닦았다.

「건물도 그래. 좀 번듯한 걸 얻지. 이게 뭐냐, 봉제 공장 위에다 가.」

후배가 대답했다.

「하나님은 좋은 건물에 계시지 않아요.」

그 한마디가 가슴을 탁 치고 지나갔다.

「네가 말하는 하나님이 지금 이 자리에 계실까?」

「아뇨, 여기 계시진 않지만 여길 보고는 계시죠. 하나님은 더욱 낮은 곳에 계실 테니까요. 하나님은 높은 곳에서 아래를 내려다보지 않아요. 가장 낮은 곳에서 가장 높은 곳까지 올려다보는 분이죠.」

이렇게 살아가는 사람도 있구나. 꿈도, 야망도 모두 포기하고, 오로지 신을 위해 봉사하며 사는 사람들. 하나님을 대신하며 부와 명예, 권위를 모두 움켜쥔 성직자들, 그들이 사는 대리석으로 둘러싸인 높고 번쩍거리는 하나님의 성전과 달리 퀴퀴하고 찌든 봉제 공장 한쪽에 의지하여 낮은 자세로 하나님을 섬기는 사람들, 하나님이 자신들 곁에 있다고 믿는 사람들.

후배와 대화를 나누는 사이 교회와 하나님을 향했던 증오와 원망이 서서히 녹아내렸다. 나는 태어나 처음으로 하나님과 교회를 다시 보게 됐다. 딱히 목회자가 아니어도 후배와 같은 삶을 살고 싶었다. 내 잘난 맛에 사는 인생이 아닌, 타인을 위하고 타인을 도우며 더불어 사는 삶. 그런 삶을 살며 인간으로 태어난 단 한 번의 소중한 기회를 뜻 깊게 보내고 싶었다. 나는 오기를 참 잘했다고 생각했다.

'어떻게든 이 녀석을 돕고 보자.'

교회를 나서며 냉장고를 열어 보니 김치와 물 한 병이 전부였다. 월세도 몇 달째 밀려 있다고 했다. 하다 못해 수도요금도 전기요금도 잔뜩 밀려 있어 끊길 판이었다. 그래도 후배는 싱글벙글이었다. 그때는 후배가 어찌 그리 당당할 수 있는지 이해하지 못했다. 후배는 자신의 모든 걸 하나님께 맡겨 놓았던 것이다. 운명을 모두 맡겨 놓았으니 자신은 하루하루 행하면 그만이었다.

당연히 두려울 일도 없었다.

'아무래도 안 되겠군.'

후배와 헤어져 건물을 나서다가 나는 근처 상가로 갔다. 지갑의 돈을 털어 당장 생활에 필요한 쌀과 반찬 같은 식료품을 비롯해 교회에서 쓰일 생필품을 닥치는 대로 샀다. 자그마치 두 리어카나 되는 양이었다. 그 물건들을 교회로 배달시키고 나니 집으로 돌아오는 발걸음이 조금은 가벼웠다.

집으로 돌아온 뒤에도 후배의 교회가 눈에서 떠나지 않았다.
'언제까지 이렇게 살 수는 없지. 나도 뜻 깊은 일을 해보자.'
중요한 건 결심이 아니라 실천이었다. 그것도 눈에 띄는 실천이 아닌 조용한 실천 말이다. 나는 그 실마리를 후배의 교회에서 찾았다. 푸른초장교회는 봉제 공장 건물에 위치한 특성상 개방적이었다. 나는 회사에 출근하지 않는 일요일 새벽마다 스파이처럼 교회로 잠입했다. 화장실 청소 봉사를 하기 위해서였다.

후배가 세든 건물은 1, 2층이 봉제 공장인데다가, 외부인의 이용이 잦아 특히 화장실이 무척 더러웠다. 나는 후배가 깨기 전에, 사람들이 찾기 전에, 화장실을 깨끗이 청소해 놓고 동 트는 거리로 나서곤 했다. 몸은 조금 피곤했지만 남몰래 봉사를 하고 있다는 생각으로 마음 한쪽이 늘 뿌듯했다.

하루는 정신없이 청소를 하는데 쿵쿵 계단을 올라오는 발소리가 들렸다. 나는 혹시라도 신자들에게 들킬까 봐 재빨리 옥상 계단으로 몸을 숨겼다. 처음 보는 청년이 두리번거리며 계단을 올라왔다. 청년은 용변이 급했던지 곧장 화장실 문을 열고 들어갔다. 얼마 뒤 덜컥 문 열리는 소리가 났다.

청년이 휑하니 빠져나간 뒤 청소를 마치기 위해 화장실로 들어간 순간 나는 두 눈을 의심했다. 커다란 똥덩이들이 그대로 김을 피워 올리고 있었다. 무슨 급한 일이라도 있었던지 볼일을 마친 청년이 물도 내리지 않고 나가 버렸던 것이다. 휴지도 아무렇게나 버려진 채였다.

「뭐, 이런 자식이 다 있어!」

나는 화를 참지 못해 욕설을 내뱉으며 양동이에 가득 담긴 물을 변기에 와락 부었다. 홧김에 저지른 행동이었는데 변기에 부딪힌 똥물이 내 온몸으로 튀고 말았다. 난생처음 당한 똥물 세례에 당황한 나는 서둘러 교회 근처 세탁소를 찾아 나섰다. 그러나 일요일 새벽이라 그런지 문을 연 세탁소는 어디에도 없었다.

거리를 한참 헤맨 끝에 겨우 셔터가 반쯤 열린 세탁소 하나를 발견했다. 나는 문을 두드려 자는 주인을 깨웠다. 주인이 짜증을 내며 문을 열자 나는 세탁비의 세 배를 주겠다며 다짜고짜 세탁을 부탁했다. 마지못해 옷을 받아 들며 세탁소 주인이 물었다.

「아니 어쩌다가 똥물을 뒤집어썼어요?」

내가 자초지종을 설명하자 주인이 심드렁하니 대답했다.

「에이, 좀 참으시지.」

설마른 옷을 입고 거리로 나서는데 멀리 빌딩 사이로 동이 트는지 한줄기 빛이 나를 향해 뻗쳐 왔다. 나는 걸음을 멈추고 햇살을 바라보았다. 눈이 부셨다. 가슴이 뭉클해지며 와락 눈물이 쏟아졌다.

누군가는 새벽부터 화장실을 찾아 헤매다가 볼일을 보고 급한 나머지 물도 내리지 않고 뛰어나가고, 또 누군가는 그 일로 똥물을 뒤집어쓰고, 거리에는 변함없이 자동차들이 오고 가고, 사람이 죽기도 하고 살기도 하는 곳, 그 모든 아우성을 품고 어김없이 해가 떠오르는구나. 세상은 이렇듯 변함이 없는데 내 마음은 왜 그리도 요동을 쳤던 걸까.

'조금만 참을걸. 공연히 성질을 부리다가 똥물만 뒤집어썼어.'

생각이 거기에 이르자 비로소 하나의 깨달음이 찾아왔다.

'어쩌면 모든 게 내 잘못인지도 모른다. 아이가 사고를 당한 것도, 가정이 풍비박산 난 것도. 불행의 모든 책임은 내게 있는 것이다. 한데 나는 지금까지 다른 사람을 원망하며 분노를 키워 오기만 했구나.'

그 사실을 깨달은 순간 망치로 머리를 맞은 듯한 충격에 한동안 숨을 쉴 수가 없었다.

화장실 청소는 이듬해까지 계속됐다.

한동안 그 일을 계속하자 믿을 수 없는 변화가 내게 일어났다. 어깨를 고통스럽게 짓누르던 기억이 서서히 흐려졌던 것이다. 심리적인 변화도 컸다. 처음에는 봉사를 해야겠다는 생각으로 화장실 청소를 시작했으나 하루 이틀, 시간이 흐를수록 봉사라는 목적이 사라지고 그냥 즐겁게 일을 하게 되었다.

이후 나는 신학 대학을 찾아가 등록을 했다. 아내를 용서하고, 아내가 믿었던 하나님과 화해하는 것으로 참회의 길을 모색하고 싶었다. 나 혼자만의 인생이 아닌, 타인과 나누는 인생을 향한 작은 출발이었다.

외나무다리를 건너다

낮에는 방송국에 나가고 저녁에는 신학 대학에 다니는 생활이 한동안 이어졌다.

바쁜 생활이 계속되면서 둘째 아이를 잃은 슬픔도, 이혼의 상처도 어느 정도 치유되는 듯했다. 나는 다시 밝고 우렁우렁한 목소리를 지닌 예전의 김 기자로 돌아왔고, 뒤늦게 들어선 신학의 길에도 최선을 다했다.

그러나 그것이 끝이 아니었다. 신을 만나면서 모든 상처가 치유되었다고 믿었지만, 마음 깊은 곳에는 여전히 상처가 남아 자라고 있었다. 급기야 상처는 온몸 여기저기에 뿌리내린 채 혈관을 타고 지독한 독을 피워 올렸다.

어느 날 늦은 밤이었다. 베란다에 앉아 밖을 내다보는데 어디선가 자지러지는 아이의 웃음소리가 들렸다. 혹시 현준이가 아닐까? 나는 신발을 되는대로 꿰어 신고 후닥닥 집 앞 놀이터로 달려 나갔다. 놀이터는 비어 있었다. 대신 누군가 앉았다 일어난 것처럼 그네가 바람에 흔들렸다. 방금 전까지 둘째가 그곳에 앉아 아빠를 기다리고 있었을지도 모른다는 생각에, 나는 모래밭에 주저앉아 엉엉 소리 내어 울었다.

　그날 이후부터 나는 잠들지 못했다. 아무리 잠을 청해도 잠이 오지 않았다. 회사에도 나가지 않고 종일 눈을 멀뚱거리며 천장만 바라봤다. 식욕이 없어 밥 한술 입에 대지 못했다. 방송국 선배가 달려와 내 모습을 보고는 병원에 입원시켰다. 음식을 먹는 족족 화장실로 달려가 모두 토해 냈다. 병원에서 정밀 진단을 받았지만 특별한 병명은 나오지 않았다. 문제는 마음이었다. 몸속에 뿌리내린 마음의 병이 내 몸을 죄다 갉아먹고, 끝내는 나를 쓰러뜨리려 하고 있었다.
　차도가 없자 가깝게 지내던 사람들이 나를 경기도 가평 인근의 한 기도원으로 옮겼다. 다행히도 그곳으로 옮기자 마음이 조금 편안해졌다. 그러나 나는 여전히 먹지도 자지도 못했다. 기도하는 곳답게 기도원은 밤낮 기도 소리로 넘쳐 났다. 눈을 떠도 감아도 기도 소리만 귀에 윙윙거렸다. 나는 그 사람들을 볼 때마다 생각에 잠겼다. 저들은 모두 어디에서 왔을까. 무슨 고통을 안고 있기에 저리도 간절할까. 누가 저들을 힘들게 했을까. 신은 어찌하여 인간에게 끝없이 시련만 줄까. 정말 신이 존재할까?

모두가 잠든 새벽녘, 휘청거리며 숙소를 나섰다. 달빛이 소금처럼 빛나며 산자락을 물들였다. 달빛 속으로 길 하나가 희미하게 뻗어 있었다. 산 정상으로 향하는 오솔길이었다. 나는 무엇에 홀린 사람처럼 오솔길을 따라 한 걸음씩 올라갔다. 지금 생각해 보면 왜 모두 잠든 밤에 길을 나섰는지, 무엇이 나를 숙소 밖으로 이끌었는지, 잘 기억나지 않는다. 마치 꿈을 꾸는 것 같았다. 그만큼 나는 절박한 심정이었다.

얼마쯤 오르자 개울이 앞을 막아섰다. 개울에는 3, 4미터쯤 되는 외나무다리가 걸쳐져 있었다. 발을 올려놓자 통나무가 심하게 위아래로 흔들렸다. 자세를 낮추고 한 발 한 발, 개울 저쪽을 향해 걸음을 옮겼다. 가까스로 개울을 건넌 뒤 맞은편 언덕에 무릎을 꿇고 앉았다. 바람이 불고 나뭇잎들이 사각댔다. 부엉이 울음소리가 가슴을 후벼 파고 지나갔다. 나는 두 손을 모으고 지금까지 했던 어떤 기도보다 간절히 기도하기 시작했다.

「하나님, 살려 주십시오. 제가 잘못했습니다. 제가 인생을 잘못 살았습니다. 제 무관심이 아이를 죽게 만들고 아내와 헤어지게 했습니다…….」

눈물이 볼을 타고 흘렀다. 아이의 얼굴이, 어쩔 수 없이 헤어진 아내가, 흥청거리며 시간을 허비하던 젊은 날이 차례로 눈앞을 스쳤다. 가슴이 터질 듯 부풀었다. 땅에 엎드려 두 손을 뻗고 마음껏 울었다. 울다 지치면 다시 기도를 드렸다. 그러나 아무리 기도를 드려도, 울부짖어도 신은 응답하지 않았다. 나는 가슴을 쥐어짜듯 붙잡고 다시금 기도를 드렸다.

「한 번만 더 제게 기회를 주십시오. 이제부터 내가 아닌 타인을 위하여 뼈가 부서지도록 열심히 살겠습니다. 그러니 제게 힘을 주십시오. 용기와 지혜를 주십시오…….」

시간이 얼마나 흘렀는지 모른다. 무아지경에 빠져 있던 순간, 거대한 손바닥 같은 것이 내 어깨를 탁 치고 지나갔다. 나는 뒤로 벌렁 나자빠졌다. 정신이 번쩍 들었다. 눈을 뜨니 아무것도 보이지 않았다. 나는 다시 눈을 감고 기도에 몰입했다. 또다시 알 수 없는 힘이 내 어깨를 후려치고 지나갔다. 나는 뒤로 밀려 넘어가지 않기 위해 옆에 선 오리나무 밑동을 꽉 붙잡았다. 알 수 없는 힘과의 사투가 계속됐다. 온몸의 땀구멍이 죄다 열리고 등줄기로, 목덜미로, 사타구니로 뜨거운 땀이 쏟아졌다.

이제부터 아버지의 뜻에 따라 살아가겠노라고, 이 땅의 헐벗고 가난한 사람들을 위한 내 역할을 찾아보겠노라고, 나는 미친 사람처럼 혼자 중얼거렸다. 시간이 흐를수록 마음이 열리고 가슴이 뜨거워졌다. 팔다리에 힘이 솟으며 무엇이든 할 수 있다는 자신감이 전신에 충만하게 깃들었다. 기도에 몰입한 나머지 몸을 뒤로 떠밀던 이상한 힘이 사라진 것도, 저 멀리 기도원 뒤편 산등성이로 희미하게 날이 밝아 오는 것도 알지 못했다.

전신에 퍼지는 부드러운 기운을 느끼며 일어났다. 몸이 가뿐했다. 나뭇가지를 흔들며 새들이 날아올랐다. 한줄기 햇빛이 산을 타고 내려와 이마에 닿았다. 나는 가슴을 열고 깨끗한 새벽 공기를 들이마셨다. 그날따라 살아 있다는 사실이 엄청난 축복으로 다가왔다. 찬물로 몸을 씻고 숙소로 돌아와 한 번도 깨지 않고 잠에 곯아떨어졌다. 달콤하고도 깊은 잠이었다. 그리고 그 잠 속에서, 나는 언덕에 세워진 작고 아름다운 교회를 보았다. 한 번도 본 적 없는, 낯선 언덕에 세워진 교회였다. 그 교회가 무엇을 의미하는지, 왜 하필이면 하고 많은 풍경 중에서 교회인지 당시에는 전혀 알지 못했다.

오후 늦게 잠에서 깨어났다. 방 안엔 나 혼자뿐이었다. 물을 한 모금 들이켜고 자리에 반듯이 앉았다. 꿈에 본 교회가 선명하게 떠올랐다. 혹시 교회를 세우라는 뜻일까? 나는 고개를 저었다. 아닐 것이다. 그때까지만 해도 나는 전도사 신분에 불과했고, 낮에는 방송국 기자로 취재다 편집이다 바쁜 시간을 보낼 때였으니 교회를 세운다는 것은 꿈도 꿀 수 없는 일이었다. 설령 교회를 세운다고 해도 스스로의 마음조차 다스리지 못하면서 지친 영혼들을 제대로 하나님의 품으로 인도할 수 있을지 걱정이 앞섰다.

하지만 꿈은 그것으로 끝나지 않았다. 그날 밤에도, 다음 날도, 그 다음 날에도 연이어 같은 꿈을 꾸었다. 비단 꿈에서뿐만 아니라 밥을 먹을 때도 산책을 할 때도 교회 이미지가 자꾸 눈앞에 어른거렸다. 교회를 떠올릴 때마다 마음이 이상하게 편안해졌다. 나는 다시

고민에 빠졌다. 뒤늦게 신학 대학에 입학했지만 실제로 교회를 세우게 되리라고는 생각하지 못했다. 어떤 것이 현명한 선택일까. 신의 진정한 뜻은 무엇일까. 고민에 고민을 거듭하던 나는 평소 가깝게 지내던 김백남 목사에게 꿈 얘기를 들려주었다. 끝까지 내 얘기를 듣고 난 김 목사는 펄쩍 뛰며 만류했다.

「교회라고요? 지금 제정신입니까? 그게 얼마나 힘든 일인데…….」

나는 목소리에 힘을 주었다.

「아니야, 그래도 난 세워야겠네. 반드시 교회를 세우고 말겠네.」

내 고집을 잘 아는 김 목사는 더 이상 말리지 않았다.

집으로 돌아온 나는 당장 차를 몰고 강남으로 향했다. 웬만한 동네는 이미 포화 상태라 해도 과언이 아닐 정도로 구석구석 교회가 들어와 있었고, 그나마 덜한 동네가 강남이라 여겨졌기 때문이다. 그로부터 일주일 가까이 나는 삼성동과 청담동 주변을 이 잡듯 뒤지고 돌아다녔다. 예상대로 교회 수는 적었지만 마땅한 건물이 나오지 않았다. 교회 건물로 적당하다는 부동산 중계업자의 말만 믿고 찾아갔다가 허탕 치고 돌아오길 반복했다.

마땅한 교회 건물을 찾지 못하자 나는 회의에 빠졌다.

'내가 헛된 꿈에 매달리고 있는 것은 아닐까.'

그러다가도 교회를 떠올리면 다시금 희망이 솟았다.

'그래, 한번 더 부딪혀 보자.'

나는 마지막이란 각오로 집을 나섰다. 9월 28일, 그날은 공교롭게도 현준이의 생일이었다. 집을 나서기 전 나는 간절히 기도를 올렸다.

'오늘도 허탕을 치게 되면 다시는 교회를 얻으려고 하지 않겠습니다. 그러니 답을 주십시오. 내가 가는 이 길이 옳은 길인지, 아니면 잘못된 길인지, 지혜의 등을 밝혀 주십시오.'

나는 차를 몰고 뚜렷한 목적지도 없이 집을 출발했다. 그러다가 닿게 된 곳이 삼성동 언덕배기였다. 차를 세우자마자 나는 흠칫하며 눈을 크게 떴다. 풍경이 어딘지 모르게 낯익었기 때문이다. 꿈에 본 풍경과 너무도 흡사한 지형이었다. 나는 곧장 근처의, 전에 몇 번 들른 적 있는 부동산 업소 안으로 들어갔다.

「아니, 이게 누구십니까?」

그동안 못 보던 사람이 반갑게 나를 맞았다. 지방 출장으로 한동안 자리를 비웠던 사장이었다. 그는 내 얼굴을 보자마자 김수연 기자님 아니시냐며 덥석 손부터 잡았다. TV에서 몇 번 내 얼굴을 보았다며 너스레를 떨더니 찾는 물건이 뭐냐고 물었다.

사정을 설명하자 그가 시원스럽게 대답했다.

「그래요? 마침 적당한 물건이 있는데 가보시겠습니까?」

「몇 평이나 됩니까?」

「한 서른 평 될까. 바로 위층입니다. 우선 가보시죠.」

부동산 업자는 나를 건물 3층으로 안내했다. 문을 열고 들어서자마자 나는 전 주인이 이사를 가 비어 있던 공간이 순식간에 교회로 바뀌는 환상을 경험했다. 내가 지금까지 찾아 헤매던 그 장소였다.

부도가 나 빚쟁이들이 한바탕 휩쓸고 간 건설회사 사무실이라고 했다. 그러나 내겐 중요한 문제가 아니었다.

나는 부동산 업자의 설명을 들을 것도 없이 그 자리에서 계약서에 사인을 하고 일사천리로 일을 진행했다. 그날은 건물 안팎에 쌓인 쓰레기를 치우고 바닥을 닦은 후 스티로폼을 깔고 그곳에서 잠을 청했다. 다음 날부터 카펫을 깔고 업자를 불러 조명 시설도 새로 했다. 며칠이 지나자 제법 그럴듯한 교회 분위기가 풍겼다. 나는 출입문을 활짝 열고 밖으로 나왔다. 막혔던 가슴이 확 뚫리며 전신으로 알 수 없는 충만감이 밀려왔다.

고대하던 첫 예배 날, 50명이면 꽉 찰 작은 교회가 발 디딜 틈 없이 넘쳤다. 순수한 지역 교인은 아니지만, 안면이 있던 지인들이 소식을 듣고 예배를 보러 온 것이었다. 나는 천천히 연단으로 올라가 내 생애 첫 예배를 주관했다. 모두들 호기심 가득한 얼굴로 내 일거수일투족을 주시했다. 밤낮없이 술만 마시고, 기자라고 어깨에 잔뜩 힘을 주고 다니던 내가 목회자가 되어 교회를 열었다는 사실이 그들에게는 그저 신기하기만 했던 것이다.

삼성동 언덕배기에 세웠던 그 작은 교회.
그 교회는 오늘의 나를 있게 만든 작지만 큰 걸음이었다.

길 위에서
길을 묻다

교회를 열고 나자 내가 갈 길이 더욱 분명해졌다.

달빛이 소금처럼 빛났던 기도원 골짜기, 자지도 먹지도 못해 죽어 가던 몸으로 건너갔던 외나무다리에서부터 점점 뚜렷하게 내 앞길을 인도해 온 오솔길 하나. 나는 그 외로운 길 위에서 전 생애를 바쳐 숭고하게 걸어가야 할 마지막 방법을 모색했다. 교회를 열고 신도를 늘리고 교세를 확장하여 하나님의 성전을 건축하는 일에는 관심이 없었다. 그런 일들은 이미 내가 하지 않아도 이 땅에 넘치도록 실현되어 있었다. 나는 다른 길을 통해 신을 느끼고 싶었다.

목회와 직장 일을 병행하는 것은 대단히 힘들었다. 나는 우선 일선 보도 기자가 아닌 뉴스 편집부로 자리를 옮겼다. 새벽에 출근해서 낮 12시에 퇴근하는 것으로 근무 환경이 바뀌자 바빴던 직장 생활이 한결 느슨해졌다. 퇴근하면 곧장 교회로 나와 신과 마주하며 내게 맡겨진 보다 분명한 역할을 찾게 해달라고 기도했다. 그러다가 문득 생각난 것이 하늘로 떠난 아들과의, 이제는 마지막이 되어 버린 약속이었다.

'그래, 아이들에게 책을 읽히자.'

나는 교회에서 나와 근처 놀이터를 찾아 나섰다. 놀이터에 앉아 뛰어노는 아이들을 바라보며 어떻게 하면 아이들에게 골고루 책을 읽힐 수 있을까 고민했다. 내가 떠올린 것은 산간벽지의 아이들이었다. 도시 아이들, 소득 수준이 높은 가정의 아이들은 책을 접할 기회도 많을 것이다. 반면 변변한 서점 하나 없는 농어촌이나 섬마을의 아이들은 일 년 내내 좋은 책 한 권 접해 보지 못하고 자라날 게 뻔했다. 생각이 거기에 이르자 나는 모처럼 흐뭇하게 미소를 지으며 교회로 돌아왔다.

막연했던 일이 드디어 구체화된 셈이었다.

'산간벽지 아이들에게 책을 읽히자. 한데 어떻게 해야 하지?'

길은 정해졌는데 이번에는 방법이 떠오르지 않았다.

'일회용 행사가 되어서는 안 돼. 하지만 지속적으로 일을 꾸려 가려면 막대한 자금이 필요할 텐데 무슨 수로 자금을 충당할까? 또 책을 사서 보내는 일은 누가 할 것이며, 책을 필요로 하는 곳이 어디인지는 어떻게 알아낸단 말인가?'

일을 시작하기도 전에 온갖 생각들로 머릿속이 복잡해졌다.

'시작하기도 전에 두려워할 이유는 없다. 우선 내가 가진 것으로 시작하자. 시작은 내가 하고 나머지는 하나님의 뜻에 맡기자. 설령 시행착오가 있다 해도 그걸 바탕으로 더욱 단단하게, 곧고 바르게 뜻을 키워 나가리라.'

결심이 서자 언제 그랬냐는 듯 갈등은 이내 사라지고 새로운 의욕에 넘쳤다.

책을 보내는 일에는 많은 준비가 필요했다. 나는 우선 교회를 도서관으로 바꾸는 일에 매달렸다. 한쪽 벽면을 책장으로 꾸미고 책 수천 권을 배치했다. 앉아서 책을 읽을 수 있도록 의자도 준비했다. 예배를 드리는 제단을 뺀다면 결코 교회라고 볼 수 없는, 영락없는 간이 도서관이었다. 책의 종류도 일반 도서관처럼 다양하게 갖추었다. 아동물은 물론이고 청소년 도서에서 성인용 베스트셀러까지 웬만한 건 다 구비했다.

이렇게 교회를 도서관으로 바꾸는 한편, 처음 계획한 대로 책을 사서 산간벽지로 보내는 일을 병행했다. 책이 필요한 곳이면 어디든 책을 보냈다. 어떤 사람들이 책을 받는지, 그들이 책을 읽고 무슨 생각을 하는지는 알지 못했다. 나는 단지 그 일 자체가 즐거웠을 뿐이다. 책을 통해 지식과 정보를 얻은 사람들이 사회로 나가, 혹은 그들의 일터에서 바르게 살아 주리라 생각하니 더할 나위 없이 행복했다.

하지만 교회를 도서관으로 바꾸자 새로운 문제가 생겼다. 문을 열어 놓고 출입을 자유롭게 해도 교회라는 이미지 때문인지 선뜻 들어와 책을 읽는 사람이 드물었다. 책이 아무리 많아도 보는 사람이 없으면 소용없는 법이다. 애써 구입한 책들을 그냥 썩힐 수는 없었다. 나는 교회 옆에 20평이 조금 넘는 사무실을 얻어 무료 도서관을 열었다. 건물을 분리하여 도서관을 열자 의외로 반응이 좋았다. 하루에도 수십 명이 찾아와 책을 읽고 갔다. 의외의 반응에 고무된 나는 이듬해 큰 빌딩 건물 지하 87평을 임대하여 도서관으로 꾸미는 모험을 감행했다. 책도 늘리고 교회도 아예 그 건물 2층으로 옮겼다.

책을 3만 권이나 소장한 동네 도서관이 생기자 누구보다도 지역 주민들이 좋아했다. 낮에는 어린아이를 유모차에 태운 주부들이 와 아이들에게 책을 읽어 주었고, 오후가 되면 학교를 마친 학생들이 몰려와 책을 읽었다. 주말에는 리포트를 쓰거나 자료를 찾기 위해 온 대학생들도 많이 보였다. 나는 더욱더 신이 나서 시간 가는 줄 모르고 도서관에 매달렸다. 구입할 책도 직접 고르고 서가에 꽂거나 정리하는 일도 직접 했다. 교회를 하는 건지 도서관을 하는 건지 내 자신도 헷갈릴 정도였다. 작은 도서관의 필요성과 위력을 온몸으로 실감하던 시절이었다.

산간벽지에 무료로 책을 보내 주고, 도서관을 열어 지역 주민들에게 봉사를 시작한 지 이태 뒤인 1989년 나는 현재의 사단법인 '작은 도서관 만드는 사람들'의 모태가 된 '좋은 책 읽기 가족 모임'을 발족했다. '책 한 권이 한 사람의 인생을 바꾸고 나아가 세상을 바꾼다'는 확고한 믿음으로 시작한 일이었다. 예로부터 독서를 많이 한 사람은 남을 해치지 않는다는 말이 있다. 가난한 사람도 책을 읽으면 부자가 되고 부자는 책으로 말미암아 존귀해진다. 좋은 부모, 좋은 자녀 되기를 바라는 마음! 좋은 삶, 좋은 세상이 되기를 바라는 마음! 그 시작은 바로 좋은 책을 읽는 것이요, 좋은 책을 나누는 일이다.

'좋은 책 읽기 가족 모임'이 결성되자 도서를 보급하는 일에 더욱 탄력이 붙었다. 그사이 나는 목사가 되었고 교회에도 제법 많은 신도들이 드나들었다. 직장은 직장대로 다녔으니 그야말로 몸이 열 개라도 모자랄 판국이었다. 하나의 더 큰 목적을 위해 나머지를 버려야 할 시간이 점점 다가왔다. '작은 도서관 만들기 운동'은 이제 더는 거부할 수 없는, 내 남은 인생을 송두리째 바쳐 이어 가야 할 숭고한 사명이 되었다. 그 길을 온전히 걷기 위해서는 개인적인 명예도, 사리사욕도, 사회적 지위도 모두 버려야 했다.

나는 미련 없이 방송국에 사표를 던졌다. 동료들은 내 결정에 충격을 받은 듯 하나같이 만류하고 나섰다. 되고 싶어도 쉽게 될 수 없는 게 방송국 기자였다. 수입도 그 정도면 넉넉했고 사회적인 지위도 무시할 수 없는 자리였다. 그러나 나는 이미 결정한 일이기에 뒤를 돌아보지 않았다. 내 앞에는 너무도 분명한, 내가 소중하게 꾸려 가야 할 일들이 기다리고 있었다.

사표는 여러 차례 반려되었고 몇 개월 뒤에야 겨우 수리되었다. 그 후 나는 방송국의 잘나가던 김 기자가 아닌, 목회자로 또 책을 들고 시골 마을 산간벽지 아이들을 찾아다니는 책 할아버지로 거듭났다.

책 사시오,
책을 사

일부나마 옛 모습을 되찾은 청계천에 서면 고단했던 젊은 날이 떠오른다. 1960년대 중반, 나는 청계천 복개 공사 현장에서 질통을 메고 무거운 자갈을 져 날랐다. 고등학교를 마치고 서울에 올라왔지만 돈도 없고 아는 사람도 없던 시절이었다. 자식들 뒷바라지로 등골이 휜 부모님께 손을 벌릴 수도 없었고, 입는 것에서 먹는 것까지 모든 걸 내 힘으로 해결해야 했다. 결국 싸구려 자취방을 하나 얻어 놓고 노가다 판을 전전하며 부지런히 생활비를 모았다. 한편으론 대학 진학을 위해 공부도 게을리 하지 않았다.

청계천 복개 공사 현장에서 일할 당시 점심은 근처 중부시장 지하식당에서 때웠다. 덩치가 커서인지 먹어도 먹어도 배가 고팠다. 내 몫으로 나온 음식을 밑반찬까지 싹싹 긁어먹어도 허기가 졌다. 하도

배가 고파 공동 우물로 나와 물을 한 대접씩 들이켠 뒤 다시 질통 곁으로 돌아가곤 했다. 현기증이 일 정도로 힘든 일도, 십장의 잔소리도, 돈이 없어 버스비를 아끼며 걷는 일도 모두 견딜 만했지만 배고픔은 정말 참기 힘들었다. 그래도 집으로 돌아오는 길은 행복했다. 혼자 실컷 노래를 부르면서 하루내 쌓였던 피곤함을 풀기도 했다. 야간작업이 끝나는 날이면 공사장 인부들의 어깨 위에 둥근 달이 걸려 있었다. 달은 누구의 머리 위에도 공평하게 떠서 우리를 비추었다.

대학에 입학한 후론 개인 과외를 하고, 이전보다 편한 아르바이트도 얻을 수 있게 되었다. 배우지 않으면 힘을 쓰는 일밖에 할 수 없다는 평범한 진리를 몸으로 깨달았던 시기였다. 그래도 생활은 항상 쪼들렸다. 힘들게 돈을 벌어도 수업료로 뭉텅뭉텅 목돈이 빠져나가면 버스비조차 부족한 달이 많았다. 부모님께 손을 벌려 볼까도 생각했지만 고향에 남아 있는 세 동생을 생각하니 그도 못할 짓이라 모질게 마음을 다잡았다.

'도서관에 앉아 매일 책만 읽을 수 있다면……'

대학 생활의 가장 큰 즐거움은 학교 도서관을 이용할 수 있다는 것이었다. 먹을 것이 나오거나 돈이 나오진 않았지만 나는 틈틈이 도서관을 찾아 읽고 싶은 책을 마음껏 빌려 읽었다. 책을 읽다가 아르바이트를 위해 도서관을 나설 때면 발걸음이 천근만근 무거웠다. 가난한 시골 농사꾼이 아닌, 재정적으로 넉넉한 부모를 둔 탓에 문이 닫힐 때까지 도서관에 남아 있을 수 있는 학생들이 한없이 부러웠다.

「야, 수연이 너 이리 와봐라.」

어느 날 대학 선배가 나를 불렀다.

「무슨 일입니까?」

「너 요즘 힘들다며?」

내 처지를 누구보다 잘 아는 선배는 귀가 번쩍 뜨이는 얘기를 해주었다.

「○○○출판사라고 들어 봤냐? 이번에 거기서 임시 직원을 모집한다더라. 월부로 책을 파는 건데 잘만 하면 한 학기 등록금은 거뜬할 거다.」

「그게 정말입니까?」

「그럼, 내가 후배한테 거짓말할까.」

지금은 온라인 판매가 대세지만 당시에는 주로 외판원들이 책을 팔았다. 그것도 한두 권의 낱권이 아닌 전집이 대부분이었다. 그리고 책 한 질 값이 쌀 한 가마 값보다 비싼 경우가 허다했다. 그래도 지금처럼 인터넷이나 텔레비전, DVD 영화가 보급되기 전이어서 전집의 인기는 대단했다. 학생이 있는 집이라면 장롱 위나 벽장에 '세계 문학 전집' 같은 수십 권짜리 전집 한 질 정도씩은 갖추고 살았다.

미루고 재는 성격이 아니라 나는 곧장 출판사로 달려갔다. 출판사 팀장은 나를 위아래로 훑어보더니 그 자리에서 계약서를 쓰라 했다. 기본 월급도, 밥값도 없는 무임금 판매직이었다. 판매량에 따라 일정 부분의 현금을 지불해 준다고 해서 나는 신이 났다. 마음먹기에 따라 큰돈을 만질 수도 있는 기회였다. 그래선지 팸플릿을 한 보따리 받아 들고 자취방으로 돌아올 때만 해도 자신감에 들떠 있었다. 하지만 막상 집으로 돌아오자 어디서부터 시작을 해야 할지 막막해졌다. 나는 궁리 끝에 일을 소개해 준 선배를 찾아갔다.

「그게 좋겠군. 너, 내일 당장 울산으로 내려가라.」

갑자기 선배가 무릎을 탁 쳤다.

「울산은 왜요?」

나는 눈을 크게 떴다.

「거기에 새로 공단이 조성 중이라 전국의 돈이 막 몰린단다. 어차피 책 장사 한번 크게 해볼 생각이면 그리로 내려가 몇 달 뼈를 묻어.」

「공장에서 기계 만지는 사람들이 무슨 책을 읽습니까?」

「인마, 거긴 그렇지 않아. 화이트칼라보다 작업복 입은 사람들이 더 돈을 많이 만지는 곳이지. 학력들도 높고. 작업 교대할 때 시간이 비거나, 야간 근무를 하게 되면 책이 꼭 필요할 텐데 신생 공단이라 아직 책이 부족할 것 아니냐.」

「맨땅에 가서 헤딩하란 말입니까?」

「짜식, 선후배 좋다는 게 뭐냐. 거기 마침 아는 선배가 있다. 선배에게 전화를 넣어 줄 테니 그 선배를 찾아가 봐라. 듣자 하니 그 선배 말고도 선배들이 많이 내려가 있나 보더라. 넌 누구보다 말주변이 좋으니까 가서 마음껏 실력 발휘해 봐.」

다음 날 나는 무작정 울산으로 가는 버스에 몸을 실었다. 저녁 무렵, 소개받은 학교 선배를 찾아가니 다행히도 반갑게 맞아 주었다. 선배는 삼겹살 집으로 데려가 술을 사주며 가지고 내려간 팸플릿을 훑어보았다.

「기숙사에 책 한 권 없어 일요일이면 심심했는데 마침 잘됐다. 본 사로 전화해서 내일 당장 '세계 문학 전집'하고 '중국 고전 시리즈', 이거 두 질 보내 달라고 해.」

뜻밖의 반응에 나는 속으로 만세를 외쳤다.

「선배님, 제가 노래 한 곡 부르겠습니다.」

기분이 좋아진 나는 자리에서 일어나 당시 유행하던 배호의 〈누가 울어〉를 불러 제꼈다. '소리 없이 흘러내리는 눈물 같은 이슬비 누가 울어 이 한밤 잊었던 추억인가 멀리 가버린 내 사랑은 돌아올 길 없는데 피가 맺히게 그 누가 울어 울어 검은 눈을 적시나……'

「제법인데? 너, 나 좀 따라다녀야겠다.」

선배는 다음 날부터 나를 이런저런 술자리마다 끌고 다녔다. 어디를 가든 으레 서너 명씩은 책을 사주었다. 책 팔겠다고 먼 길 달려온 후배가 귀여워서 사준 것만은 아니었다. 울산 공단은 당시만 해도 문화 시설이 매우 취약했다. 때문에 하루 종일 일에 지친 사람들에게 책은 거의 유일한 오락거리였다. 더구나 공단이 신규 조성 중이어서 대부분이 서울이나 타지에서 발령받아 내려온 사람들이었다. 가족들과 떨어져 장시간 생활하다 보니 자연히 책을 찾는 사람이 많았던 것이다.

사람들은 나를 만나면 우선 노래 먼저 시켰다. 노래 한 곡 뽑고 나면 계약서는 보지도 않고 사인을 휘갈겼다. 책을 받아 본 사람들이 주변에 소개를 하고, 소개받은 사람들이 또 소개를 하면서 책은 날개 돋친 듯 팔렸다. 한번은 30명 이상 모인 자리에 불려 나갔다가 모였던 사람들 대부분이 책을 사준 적도 있었다. 요즘과 비교하면 그렇게 많은 사람들이 열정적으로 책을 읽었다는 사실이 도무지 믿어지지 않는다.

급기야 나는 아예 학교를 휴학하고 이 일에 본격적으로 뛰어들었다. 그리고 중간 중간 서울로 올라와 수당을 받았다. 당시 책을 팔던 외판원으로서는 상상할 수 없는 돈을 수당으로 받았다. 태어나 처음으로 내 몫의 큰돈이 수중에 모였다. 대학 등록금을 몇 번이나 내고도 남을 액수였다. 농사를 지으면 몇 년은 피땀을 흘려야 겨우 만질 수 있는 돈을 한순간에 벌고 나니 한편으론 마음이 씁쓸했다. 고향에서 땅을 파먹고 사는 부모님이 측은해 견딜 수 없었다.

나는 약간의 돈을 고향에 부치고 남은 돈을 저축했다. 그런 다음 학교 도서관에 파묻혔다. 밀린 학과 공부도 하고 틈틈이 도스토예프스키, 헤밍웨이, 톨스토이, 제인 오스틴, 발자크, 괴테, 보카치오, 에밀리 브론테, 카뮈, 가르시아 마르케스, 사르트르, 헤세 같은 위대한 작가들의 소설을 닥치는 대로 읽었다. 《삼국지》나 《서유기》, 《수호지》 같은 중국 고전을 다시 읽었고, 심리학 이론과 세계 각국의 신화를 다룬 책, 가와바타 야스나리와 다자이 오사무의 소설도 그때 읽었다.

정말 세상을 다 가진 듯 행복한 시절이었다. 수중에 돈이 있으니 무엇보다 밥 걱정, 학비 걱정을 하지 않게 되어 좋았다. 다른 동기들이 진로를 놓고 고민할 때도 나는 태평했다. 미래에 대한 고민도, 먹고살 걱정도 별로 하지 않았다. 월부 책 장사를 하면서 자본주의 사회의 양면을 경험했기 때문이다. 머리만 쓰면 돈을 벌 수 있는 방법은 무궁무진했다. 배를 곯았던 것이 불과 몇 달 전 일인데도 나는 오만했고 또 그만큼 자신감에 들떴다. 마음만 먹으면 무엇이든 할 수 있다고 믿었던, 피가 끓던 시절이었다.

우연히 들어선
기자의 길

나는 1974년 충주 MBC 입사를 시작으로 방송 기자의 길로 들어섰다. 이후 동아방송과 KBS 등을 거쳐 1996년 사표를 냈으니 20년 이상 방송 기자 생활을 한 셈이다. 대학 졸업 후 운 좋게 방송 기자가 되었지만 처음부터 의도한 것은 아니었다. 1973년 경찰의 실수로 인해 무고하게 석 달 가까이 억울한 옥살이를 하지만 않았어도 기자가 아닌, 다른 인생을 살았을지 모른다.

벚꽃이 유난히 하얗게 핀 4월 어느 날이었다. 그날 나는 평소 친하게 지냈던 선배를 만나러 울산행 기차에 몸을 실었다. 울산에서 선배를 만나 술을 마시며 이런저런 얘기를 나누다 보니 시간이 어느덧 자정에 가까워졌다. 자리가 파하자 우리는 택시를 잡기 위해 거리로 나섰다. 시간이 자정이라 그런지 택시가 잘 잡히지 않았다. 섰던 택시도 선배와 내게서 술기운을 느끼면 쓱 쳐다보고는 그냥 지나쳐 버렸다.

마침내 택시 한 대가 다가왔다. 기사는 창문을 내리더니 어디로 가냐고 물었다. 거리가 짧으면 그냥 가버릴 태세였다. 약이 올라 있던 선배와 나는 우선 택시에 타기부터 하려고 손잡이를 붙잡았다. 하지만 잠가 놨는지 문이 열리지 않았다. 열라고 소리 지르자 택시 기사는 화를 내며 밖으로 나왔다. 우리와 옥신각신 몸싸움을 벌이던 끝에 발을 헛디딘 택시 기사는 시멘트로 된 보도 턱에 부딪쳐 바닥에 주저앉고 말았다.

「이 자식들, 어디 두고 보자.」

택시 기사는 삔 발을 절뚝이며 경찰서로 전화를 걸었다. 사소한 시비였는데 경찰차가 달려오고 우리는 파출소로 연행되었다. 택시 기사가 먼저 승차 거부를 했다고 주장했지만 먹혀들지 않았다. 택시 기사는 우리가 술에 취해 차를 가로막았다고 맞받았다. 경찰은 술에 취했다는 이유로 우리에게 혐의를 두고 조서를 꾸몄다. 일은 점점 이상한 쪽으로 꼬여 갔다. 아무리 상대의 승차 거부를 주장해도 증거가 없으니 속수무책이었다.

당시에는 몰랐지만 사실 경찰의 의도는 다른 데 있었다. 선배와 나를 공안 사범으로 몰아 실적을 올리려고 했던 것이다. 마침 경찰서에 출입하던 동아일보 기자가 우리를 발견하고 다가왔다. 우리가 재빨리 억울함을 호소하고 나서자 경찰의 눈빛이 달라졌다. 자기 뜻대로 되지 않자 경찰은 우리를 사는 곳이 일정하지 않다고 몰아붙여 조서를 꾸미고 부산 구치소에 수감했다. 죄명은 특수 폭력이었다. 사람을 때린 것도 아니고 잠시 언쟁을 하다가 택시 기사가 발을 잘못 디뎌 삔 것뿐인데 너무도 억울했다.

이후 결국 정식 재판에 회부되었고 10만 원 벌금형을 선고받았지만, 그사이 3개월이 흘렀다. 겨우 벌금 10만 원 때문에 사람을 3개월 동안 옥에 가두어 놓는단 말인가? 어이가 없어 웃음만 나왔다. 억울하게 옥살이를 하고 나왔지만 그냥 참고 견디는 일 말고는 하소연 할 곳도, 누명을 벗을 방법도 없었다.

그러던 어느 날 우연히 충주 MBC 기자 모집 광고를 보게 되었다.

'그래, 기자가 되자. 기자가 되어 나처럼 억울하게 피해를 당한 사람들의 든든한 방패막이가 돼주자. 오직 진실을 전하는 언론인이 되도록 하자.'

나는 별다른 준비도 없는 상태에서 충주 MBC에 원서를 넣었다. 촉박한 시간 동안 필기 및 면접 준비를 마치고 정해진 날짜에 시험을 보았다. 목소리엔 자신이 있었지만 전문적으로 공부를 하지 않은 탓에 과연 기자가 될 수 있을지 반신반의했다. 그런데 운이 좋았던지 얼마 뒤 합격 통보를 받았다. 실로 우연찮은 기회에 기자의 길로 들어선 셈이다. 더구나 감옥 생활이 빌미를 제공했으니 일종의 전화위복이었다.

3개월의 감옥 생활 동안 나는 뜻 깊은 경험을 했다. 태어나 난생처음 성경을 읽은 것이 그것이다. 물론 내 의지와는 상관없었다. 자유롭게 거리를 활보하다가 갇혀 있게 되니 답답해 미칠 지경이었다. 감옥 안에 뒹구는 두서너 권의 책을 다 읽고 나니 마땅히 읽을 게 없어 손에 쥐게 된 게 성경책이었다. 특별히 읽을 책도 없고 멍하니 시간을 보내기도 아까워 나는 성경책에 매달렸다.

신약 성경을 처음부터 끝까지 읽고 나자 그만 오기가 생겼다. 내용이 도무지 이해가 되지 않았던 것이다. 나는 다시 한 번 처음부터 읽었다. 두 번을 읽었지만 역시나 알쏭달쏭할 뿐이었다. 그렇게 읽기 시작한 성경을 3개월 동안 자그마치 열한 번이나 읽었다. 다섯 번째부터 내용이 조금씩 눈에 들어오기 시작하더니 열 번을 넘기자 내용이 머리에 그려지며 신약 전체가 한눈에 들어왔다. 돌이켜 보면 하나님이 나를 더 큰일에 쓰기 위해 예비하신 기간이지만, 당시에는 그런 사실을 알 리 없었다.

매일 성경책을 붙잡고 늘어졌지만 그렇다고 기독교에 흥미가 생긴 것은 아니었다. 그러다가 재소자 교화를 위해 교도소에 들어온 목사님들을 만나게 되었다. 공교롭게도 교도소에 들어오는 목사님들은 하나같이 전과자들이 많았다. 전과자가 되었다는 생각에 잔뜩 절망하던 나는 그것을 보고 지극히 단순한 생각을 하게 되었다. 죄를 지어도 목사 되는 데는 문제가 없구나. 성경도 읽었겠다, 나도 사회에 나가면 신학을 공부해서 목사나 되어야겠다. 언제 풀려날지 알 수 없는 막막한 시절이었으므로 나는 하나님께 부지런히 기도를 올렸다.

'전지전능하신 하나님, 제발 저를 밖으로 나가게 해주십시오. 나가서 밝은 태양을 보게 해주십시오. 그렇게만 해주신다면 열심히 공부해서 꼭 목사가 되겠습니다. 하나님의 종으로 평생을 살겠습니다.'

나도 모르게 일종의 서원 기도를 한 셈이다.

기도에 효험이 있었는지 며칠 후 나는 선배와 함께 풀려났다. 출감과 동시에 감옥에서 했던 서원 기도는 까맣게 잊어버렸다. 이후 10년간, 내 삶은 질풍노도처럼 젊은 날의 한 시절을 관통했다. 기자가 되자 나는 초심을 잃어버리고 마음껏 하고 싶은 대로 하며 살았다. 중동 건설 붐과 함께 주가가 수십 배 상승하면서 얼마간의 목돈도 손에 쥐었다. 돈과 권력이 생기니 세상에 보이는 게 없었다. 동료들과 어울려 룸살롱을 드나들기도 하고, 최고급 자동차를 구입하여 따로 기사를 고용하는 허세도 부렸다.

하지만 오래가지 못했다. 채 10년을 넘기지 못해 아이를 잃고 그 일이 계기가 되어 가정이 풍비박산 났으니까. 불과 10년 사이에 거센 폭풍 같은 수많은 일들이 일어났다. 비 온 뒤에 땅이 굳어지듯, 오랫동안 연마된 쇠가 강해지듯, 그사이에 천당과 지옥을, 인생의 단맛과 쓴맛을 차례로 경험한 셈이다. 그런 다음 감옥에서 하나님께 올린 서원 기도대로 목회자가 되어 전혀 다른 길을 걷게 되었다.

나는 이 모든 과정을 거역할 수 없는 운명으로 받아들이며 살아왔다. 신이 나를 위해 마련해 놓은 길, 그 길 위에서 나는 오늘도 내게 맡겨진 사역을 생각하며 묵묵히 주어진 길을 걸어갈 뿐이다. 한때는 거역할 수 없는 운명 앞에서 좌절하고 자포자기했지만 그 고통 속에서 작은 빛 한줄기를 엿보았다. 그 빛은 고통을 지나지 않으면 결코 볼 수도 느낄 수도 없는 찬란한 희망의 빛이었다.

눈 내리던 밤,
책을 타고
무한 여행을 떠나다

나는 광복 이듬해인 1946년 가을, 안동시 풍천면 구담마을에서
6남매 중 셋째로 태어났다. 아버지는 마음이 여렸지만 화가 나면 무
척 엄한 분이었다. 반면 어머니는 한없이 자상했다. 이따금씩 마을
아재들과 어울려 사고를 치고 돌아온 날에도 어머니는 꾸중하지 않
았다. 그런데 꾸중을 하지 않으니 왠지 다음엔 절대로 같은 말썽을
다시 부릴 수가 없었다. 심지어는 다른 어머니들처럼 공부를 하라
거나 책을 읽으라는 잔소리도 하지 않았다. 강요하지 않는 대신 침
묵으로써 회초리보다 더 매운 가르침을 주셨다.

나는 일찍부터 할아버지에게 한문을 배웠다. 초등학교에 다니기
전까지 서당에도 다녔다. 6·25 사변이 끝난 직후에도 마을에는 서
당이 열렸다. 훈장 어른은 먼 친척뻘 되는 아재였다. 한문 공부만 하

다가 초등학교에 입학하자 공부가 너무도 재미있었다. 공부가 재미있으니 성적도 좋았다. 6학년 때는 전교 어린이 회장도 했다. 아이들과 잘 어울리는 데에다 목소리가 크고 몸집도 좋아 자연스럽게 리더십을 발휘할 수 있었다.

할머니, 할아버지는 참으로 선한 분들이었다. 6·25 사변이 나고 먹을 게 없을 때에도 곳간을 열고 이웃과 남은 곡식을 나누었다. 특히 할아버지는 돈 욕심이 전혀 없었다. 돈 자체도 모르고 돈을 써본 기억도 없는 분이었다. 한번은 할아버지가 입었던 조끼 주머니에서 1원짜리 동전 한 개가 나와 온 가족들이 모두 웬일인가 놀란 일이 있었다. 그 돈은 할아버지가 길에서 우연히 주운 것으로 주머니에 넣어 놓고 깜빡 잊었던 것이다.

할머니와 할아버지는 내 부모님과 따로 살았다. 나는 할아버지 할머니와 함께 생활했다. 어린 나이에도 두 분이 아버지, 어머니와 살지 않고 떨어져 사는 게 안타까웠기 때문이다. 누가 시켜서 한 일도 아닌데 할머니, 할아버지와 함께 소를 키우고 쌀이 떨어지면 부모님이 계신 집에 가서 쌀도 가져다 드렸다. 외로웠던 두 분은 손자 때문에 행복하신 듯 나를 무척이나 사랑해 주셨다.

당시 내 꿈은 선생님이었다. 사범학교에 가기 위해서는 안동사범 병설 중학교에 입학하는 것이 관례였다. 요즘으로 치자면 사범대학교 부속 중·고등학교 같은 곳이었다. 합격은 무난하다고 생각했다.

초등학교 6년 평균 성적이 99점에 가까웠기 때문이다. 초등학교 공부에 이미 흥미를 잃은 터라 나는 하루빨리 중학교에 입학하여 영어도 배우고, 새로운 친구들도 사귈 생각에 들떴다. 그러나 엉뚱한 곳에서 일이 꼬였다.

「병설은 안 된다. 가까운 곳으로 가지 왜 시내까지 가고 난리냐?」

뜻밖에도 아버지가 반대를 하고 나섰다. 여섯 남매를 키우다 보니 늘 생활에 쪼들릴 수밖에 없었다. 안동으로 나가게 되면 그만큼 돈이 더 들 것이란 게 아버지의 주장이었다. 당황한 나는 어머니에게 매달렸다. 평소 말씀이 없으신 어머니도 이번만큼은 안 되겠는지 아버지를 설득하고 나섰다. 그러나 아버지의 결심은 확고했다.

「여러 말 말고 동네 중학교 보내.」

아버지는 한마디 내뱉고 횅하니 밖으로 나가 버렸다.

나는 풀이 죽은 채 담임선생님께 그 사실을 알렸다. 담임선생님은 네 의사가 중요하다며 다시 한 번 병설에 갈 뜻이 있는지 물은 뒤 원서를 써주었다. 초등학교 성적이 좋았던 나는 다행히 무시험 합격 통보를 받았다. 당시만 해도 무시험 합격은 흔치 않은 일이라 동네 사람들이 이구동성으로 축하해 주었다. 그런데도 아버지는 요지부동이었다.

그날부터 나는 밥을 먹지 않았다. 일부러 먹지 않은 게 아니라 도저히 밥이 넘어가지 않았다. 하루, 이틀, 사흘, 계속해서 밥을 굶고 학교와 집을 오갔다.

나흘째 되던 날, 나는 허깨비처럼 터덜터덜 걸어서 학교로 갔다. 빠지고 싶었지만 아침 조회 때마다 구령을 붙이는 학생회장이라 그럴 수도 없었다. 쉬는 시간, 기운 없이 의자에 앉아 있는데 친구들이 배구공을 주고받다가 유리창을 깨고 말았다. 담임선생님이 출타 중에 벌어진 일이었다. 나는 학생들을 대신해 선생님이 돌아오실 때까지 교탁 옆에 무릎을 꿇고 앉아 스스로 벌을 청했다. 그렇게 수업이 끝날 때까지 앉아 있다가 나는 그만 졸도하고 말았다.

눈을 뜨니 병원이었다. 혼수상태에서도 나는 병설 중학교에 가겠다고 중얼거렸다고 한다. 겨우 몸을 회복하여 집으로 돌아왔지만 아버지는 아무런 말씀도 하지 않았다. 그사이 최종 면접 날짜가 코앞으로 다가왔다. 나는 억지로 밥을 떠먹으며 기운을 차린 뒤 면접 날 아침, 학교에 가는 척하면서 몰래 안동 시내로 나가는 버스를 탔다. 버스는 집 앞을 지나가도록 돼 있었다. 버스가 집 앞을 지날 때, 마당을 쓸던 아버지가 무심코 고개를 드시는 게 보였다. 나는 반사적으로 버스 밑바닥에 바싹 엎드렸다.

결국 면접도 무사히 마치고 최종 합격 통보를 받았다. 아버지도 더는 어쩔 수 없었는지 시내로 학교 다니는 걸 묵인했다. 뜻대로 내 의지를 관철시켰지만 아버지의 무거운 뒷모습을 볼 때마다 마음이 아팠다. 대학 진학을 앞둔 형님들과 줄줄이 딸린 동생들, 그사이에서 아버지의 어깨는 더욱 낮아 보였다. 뻔한 집안 사정에 대해 혼자 비관도 많이 했다. 고등학교나 제대로 갈 수 있을까. 또 대학은 갈 수 있을까. 어찌어찌하여 고등학교까지 마친다 해도 대학은 혼자 벌어서 가야 할 판이었다.

　어려운 형편 때문에 하고 싶은 것을 마음껏 할 수 없다는 비관적인 생각은 나를 더욱 책에 몰두하게 만들었다.
　중학생이 되면서 나는 거의 미친 듯이 책을 읽었다. 노트 한쪽에 시도 자주 끼적거렸다. 마을에 전기가 들어오기 전에는 밤늦게까지 호롱불을 켜놓고 책을 읽었다. 아침에 일어나 거울을 보면 콧구멍에 시커멓게 그을음이 끼어 있었다. 글씨가 보이지 않아 호롱불에 얼굴을 박고 책을 보았기 때문이다. 친구네 집에 놀러 갔다가 수십 권짜리 문학 전집을 발견하면 세상을 다 가진 듯 즐거웠다. 그 책들을 한 권 한 권 빌려다가 야금야금 읽어 치우는 재미는 학창 시절 내가 만끽했던 최대의 행복이었다.
　일손이 바쁘지 않은 겨울철에는 아궁이에서 갓 구운 고구마를 꺼내 옆에 놓고, 나는 중국 대륙을 달리는 장군이 되기도 하고 첫사랑에 빠진 왕자가 되기도 했다. 배를 타고 먼 미지의 세계로 항해를 떠났으며 때론 프로이트의 《꿈의 해석》 같은 어려운 책을 만나 혼자 끙끙거리기도 했다. 책을 읽다 문을 열어 보면 마당에 소리 없이 흰 눈이 쌓였다. 나는 아무도 밟지 않은 첫눈을 밟으며 집 주변을 한 바퀴 돌고 들어와서 또다시 펼쳐 놓은 책 속으로 기나긴 여행을 떠났다. 그 시절, 책은 내게 하나의 우주이자 마법의 양탄자였다.

나는 호롱불을 탐조등 삼아 책 속으로 무한 여행을 계속했다.
그 여행은 예순을 넘어선 지금도 이어지고 있다.

잘사는 이유가 궁금하세요?

책 버스가 우리 학교로 달려오면
우리는 창가로 모여든다.

책 버스의 문이 열리는 순간 우리는
교실 밖으로 뛰어나와 책 버스로 간다.
책 버스 속에 사람이 우르르 모여들었다.
책 버스 속은 점점 열기로 달궈지고 있다.

책 버스 속의 열기는 우리들 마음을 더욱 달궈 가고 있다.
그 열기 속의 주인공은 작은 도서관 만드는 사람들
작은 도서관 만드는 사람들은 책은
생명의 양식이라고 한다.

나는 생명의 양식인 책을
열심히 읽어야 된다는 것을 깨달았다.
책은 생명의 양식이다.

— 용덕초등학교 4학년 김보연, 〈작은 도서관 만드는 사람들〉

독일 월드컵 열기로 온 나라가 달아오르던 2006년 '좋은 책 읽기 가족 모임'에도 좋은 일이 생겼다. 바로 '책 버스 1호차'를 네이버가 마련해 준 것이다. 대형 버스를 개조하여 좌우에 서가를 설치해 약 2천여 권의 책을 비치하고 서가 주변에 앉아서 읽을 수 있는 의자를 장착한 일종의 이동도서관이다.

책 버스 1호는 우선 강원도를 중심으로 활동을 시작했다. 그해 봄, 나는 직원과 함께 강원도를 수십 바퀴나 돌았다. 4월 8일부터 월드컵이 열리기 직전인 6월 8일까지 두 달 동안 아이들에게 네이버가 마련한 선물인 월드컵 티셔츠와 축구공을 책과 함께 싣고 50여 개 초등학교·분교를 밤낮없이 돌아다녔다.

아이들이 모인 곳마다 버스를 세우고 몇백 권씩 책을 나누어 주었다. 독서의 중요성을 일깨우기 위한 일종의 버스 투어였다. 강원도 내 대부분의 분교를 섭렵한 셈이다. 대부분 한 분교의 학생들은 기껏해야 10, 20명이 고작이었다. 자기들 머릿수보다 훨씬 많은 책을 선물받은 아이들은 입을 다물지 못했다. 정말 많은 아이들이 책에 굶주려 있었다. 1년 동안 한 개 학급에 책값으로 지원되는 돈은 고작 20만 원 정도라고 한다. 그 돈으로 살 수 있는 책은 한정돼 있고 그러다 보니 책을 골고루 접할 기회조차 드문 것이 현실이다.

아이들에게 책을 선물할 때는 항상 3대 원칙이 있다.

첫째는 신간을 선물한다는 것이다. 무료로 도서관을 개설한다고

하면 흔히들 헌책을 기증하는 줄 알지만 오해다. 반드시 새 책을 구입하여 기증한다. 헌책을 주는 것과 새 책을 주는 것은 천지차이다. 책을 받는 아이들 눈동자부터 다르다. 마음가짐도 중요하다. 책을 주는 게 아니라, 무언가를 베푸는 게 아니라, 지식을 나눈다는 마음으로 책을 기증한다. 남에게 무엇을 받는다는 게 썩 좋은 것만은 아니다. 하지만 지식을 나누겠다고 하면 금방 가슴이 뜨겁게 열리고 어른 아이 할 것 없이 서로 마음이 통하게 된다.

둘째는 정성을 다해 좋은 책을 선별한다는 것이다. 대충대충 권수를 맞추는 일은 절대로 없다. 한 권을 보내도 꼼꼼히 내용을 살피고 아이들에게 미칠 영향까지 체크한다.

셋째는 할 수 있는 한 많은 책을 준비한다는 것이다.

이렇게 세 가지를 갖춰서 아이들을 찾아간다. 또 아이들 책뿐만 아니라 어른들이 볼 책도 신경을 쓴다. 그때그때 이슈가 되는 베스트셀러도 챙기고 양질의 번역서들도 목록에 넣는다. 단순히 생색을 내는 게 아니라 진정으로 마음을 다해 책을 보낸다. 그래야 주는 사람도 기쁘고 받는 사람도 기분이 좋다.

도서관 개설은 꾸준한 인내심을 요하는 일이다. 그 효과가 아주 서서히 나타나기 때문이다. 그래서 책을 버스에 싣고 산간 오지 마을을 찾을 때마다 한 그루 나무를 심는 마음이 된다. 한 아이가 책을 읽고 어른이 돼서 훌륭한 사람으로 성장하기까지 적어도 십수 년 이상의 세월이 필요하다. 책 한 권은 아이가 똑바로 자랄 수 있는 토대이자 자양분이다. 당장 눈에 띄지는 않지만 아이가 자라는 데 필수 영양소인 셈이다. 비단 아이들뿐만이 아니다.

밭에 씨를 뿌리는 농부에게도, 학업에 열중하는 청소년들에게도, 또 배를 타고 물고기를 잡아 생활하는 어부에게도, 책은 삶의 필수 요소다. 밭을 가는 쟁기나 고기 잡는 투망이 물질적인 요소라면, 책은 지혜를 일구는 도구이다. 내가 수많은 일들 가운데 하필이면 책을 손에 들고 읽으시오, 읽으시오 목이 쉬도록 외치며 전국 방방곡곡 돌아다니는 이유이기도 하다.

둘째 아이와의 약속으로 시작됐지만 나는 오래전부터 책의 중요성에 주목해 왔다. 방송국 기자 시절, 취재를 위해 세계 여러 나라를 돌아볼 기회가 많았다. 선진국을 방문할 때마다 나는 취재 목적도 잊고 종종 한 가지 생각에 골몰하곤 했다. 이 나라 사람들은 우리와 무엇이 다르기에 잘사는 나라가 되었을까. 후진국은 왜 후진국이고 선진국이 왜 선진국일까. 단지 돈이 많아서 선진국이 된 것은 아닐 것이다. 반드시 이유가 있을 것이다.

나는 사람들을 면밀히 관찰하기 시작했다. 처음에는 돈을 많이 벌기만 하면 되는 줄 알았다. 그러나 놀랍게도 선진국의 원동력은 책이었다. 다시 말하면 지식과 정보였다. 어딜 가든 그들의 손엔 책이 들려 있었다. 기차를 타도, 버스를 타도, 공연 관람을 기다리면서도,

그들은 틈만 나면 책을 꺼내 읽었다. 광장이나 잔디밭에 앉아서도 책을 읽었다. 손에 든 책을 자양분 삼아 환하게 지식의 불을 밝히고 있었다.

또한 선진국에는 도서관 시스템도 매우 잘 갖추어져 있었다. 독일이나 프랑스, 영국, 일본 어디를 가도 집과 가까운 곳에 공공 도서관이 존재했다. 이는 수치로도 증명된다. 2005년을 기준으로 국내 공공 도서관은 모두 500여 개가 조금 넘는 것으로 집계됐다. 이는 독일의 22,395개, 일본의 2,585개에 비하면 턱없이 부족한 숫자다. OECD 가입국의 평균 공공 도서관 숫자는 주민 2~3만 명당 1개인데 비해, 우리나라는 9만 명당 1개에 불과한 상황이라고 한다. 반면 술집이나 노래방 같은 유흥 시설은 다른 나라를 월등히 앞선다. 문만 열고 나가면 어디든 유흥 시설이 코앞에 있다. 다른 나라에서는 흔치 않은 일이다. 이러한 차이가 당연하게도 국력의 차이로, 정신 문화의 차이로 이어지는 것이다.

선진국은 단순히 물질이 풍부한 나라가 아니라, 국민들의 문화적 수준과 지식, 정보가 다른 나라보다 한발 앞선 나라를 말한다. 국민 개개인의 지식 수준이 높고 정보가 빠르게 공유되니 상품을 만들어도 다른 나라들보다 빠르고, 위기가 닥쳐도 미리 대처할 수 있다. 상황이 이러니 당연히 잘살 수밖에 없다. 아울러 책을 통해 단순히 지식만 습득하는 것이 아니라 바른 가치관과 높은 도덕성을 함께 배우게 되므로 물질과 정신 모두에서 풍요로운 삶을 누리게 된다.

　우리나라의 경우, 국민 소득 3만 달러를 선진국의 기준점으로 삼곤 한다. 어불성설이다. 선진국이 되는 게 중요한 게 아니라 선진 국민이 되어야 한다. 선진 국민이 되면 자연스럽게 그 나라는 선진국이 된다. 기준을 돈에 놓고 가늠하니 괴리가 생긴다. 돈은 편리함을 줄망정 절대적이지 않다. 물질의 풍요만으로는 절대 선진국을 만들 수 없다. 정신문화가 풍요로워야 선진국이 될 수 있다. 정신문화의 풍요를 이루는 바탕이 바로 책이다. 마음이 허하면 돈을 좇게 된다. 책으로 내부를 꽉 채워야 한다. 지식으로 머리가 채워지면 자기 자신이 아닌 인류를 위한 휴머니즘에 눈을 뜨게 된다.

　책 삼매경에 빠진 사람을 보라. 얼마나 아름다운가. 무익한 아니 유해하기까지 한 도박이나 게임 삼매경에 빠진 사람에게서 이런 아름다움을 느낄 수 있는가? 게임이나 도박은 하나의 '행위'이다. 하지만 책은 다르다. 책을 읽는 모습에는 하나의 행위를 넘어선 그 이상의 무언가가 담겨 있다. 주변의 눈길도 잊은 채 책에 푹 빠져 있는 사람을 보라. 그에게선 내면의 아름다움이 더해진 환한 빛을 발견할 수 있다. 바로 그것이 지혜의 빛이다.

학교를 지역 문화 공간으로

어느 사회학자는 선진국의 선진화 배경을 설명하면서 '국민의 독서량은 국가의 발전 속도와 정비례한다'고 밝혔다. 독서가 국가의 선진화에 지대한 영향을 끼치고 있음을 강조한 대목이다.

잘사는 나라의 공통된 특징은 예부터 동네마다 도서관이 있고 주민들이 일상처럼 도서관을 찾아 틈만 나면 책을 읽어 왔다는 점이다. 부모들은 자녀들에게 어릴 적부터 책 읽는 습관을 만들어 주는 것을 양육의 최우선 과제로 삼아 왔다. 이제 경제 과도기를 거치며 우리나라도 개발도상국의 문턱을 넘어섰다. 남은 과제는 국민적인 독서 운동을 통해 책을 많이 읽고 여기서 얻은 지식과 정보를 바탕으로 보다 행복한 삶을 창출하는 일이다.

책을 많이 읽는 국민, 지식과 정보가 널리 공유되는 나라를 만들기 위해서는 무엇보다도 도서관 확대가 시급하다. 우리나라의 경우 대도시를 제외한 읍면 지역에는 도서관이 거의 전무한 상태여서 갈 길이 멀다고 할 수 있다. 내가 독서 운동을 펼치면서 특히 산간벽지 마을을 골라 무료로 도서관을 개설해 온 것도 책을 필요로 하는 곳에는 어디든 책이 있어야 하고, 이 땅의 국민이라면 누구나 책을 읽어야 한다는 믿음 때문이다.

다행히도 요즘은 책에 대한 인식이 많이 향상되었다. 처음 '작은 도서관 만들기 운동'을 시작했을 때는 무료로 책을 준다고 해도 거절하는 경우가 있었으나 요즘에는 농어촌과 산간 지역의 여러 학교에서 마을 도서관 운영 의지를 밝히고 다투어 지원을 요청해 오는 추세이다. 심지어는 학교장이 중심이 돼 학교 운영 위원회와 주민들이 뜻을 모아 도서관 개설을 요청하는 서명 운동을 벌여 적극적으로 도서관 개설에 나서는 곳도 생겼다. 학생 수가 줄어들어 폐교 위기에 처하거나, 주민들의 관심을 끌지 못하던 작은 학교에 도서관이 들어섬으로써 학교가 다시금 주민들의 문화생활 공간으로 거듭나고 있는 것이다.

학교는 개개인이 교육을 통해 자신이 속한 사회에서 가치 있는 역할을 담당할 수 있도록 도와주는 역할을 해야 한다. 그 옛날 향교와 서원, 일제하의 학당에서 경제 과도기에 이르기까지 학교는 지역 사회의 중심에서 인재를 양성하고 사회를 이끄는 주도적 역할을 수행해 왔다. 지역 사회에 근간을 둔 학교는 주민들이 함께하는 갖가지 행사장이 됐고 여가를 즐기는 휴식 공간으로, 운동 장소로 다양하게 활용되었다.

그러나 오늘날에 이르러 학교는 전혀 다른 모습으로 변했다. 넓은 공간을 차지하는 데다가 다양한 교육 시설을 갖추었음에도 지역 사회와는 거리를 두고 있는 것이다. 조화로워야 할 교육 공동체로서의 학교는 담을 따라 양분되고 주민과 대치하면서 이익 집단화돼 가고 있고, 오후 4, 5시면 교사 대신 보안 회사가 문을 걸어 잠근다. 학교는 이제 지역 사회 구성원인 주민들의 인간관계를 형성해 주는 구심체도, 중심적 역할도 하지 않는, 가까이 있으면서도 스스로 고립된 존재가 되고 있다.

하지만 이와는 다르게 새롭게 변화를 꾀하는 곳도 있다. 동해안 어촌 마을에 있는 금진초등학교는 늦은 밤까지도 환히 불을 밝힌다. 방과 후 거의 대부분의 시골 학교가 굳게 문을 닫아거는 요즘 보기 드문 풍경이다. 밤 10시가 넘도록 불이 켜진 곳은 학교 도서관이다. 재작년 5월, 사단법인 '작은 도서관 만드는 사람들'은 이곳에 마을 도서관을 건립했다. 저녁이면 정적에 휩싸이던 학교가 주민들의 쉼터로 거듭난 것이다.

새벽 3시에 고기잡이를 나가는 기풍이 아빠도, 그물을 손질하는 기풍이 엄마도 피로를 아랑곳 않고 늦은 밤까지 책을 읽는다. 작은 횟집을 하는 민지 아빠는 남매를 독서 영재로 만들겠다는 각오로 독서 대열에 합류했다. 학교 운영 위원장 최승열씨는 바쁘고 고된 고기잡이 일을 나가면서도 일주일에 하루씩 사서 당번을 자원하고, 당번날을 가족 독서의 날로 정해 아들딸과 함께 전 가족이 밤늦도록 도서관에 모여 앉아 책을 읽는다. 도서관이 문을 열면서 어린이들에 이어 학부모들까지 책 읽기에 적극 동참하게 된 것이다.

학교에 변화를 불러일으킨 장본인은 금진초등학교 김형숙 전 교장선생님이다. 김 교장은 부임 뒤부터 턱없이 부족한 도서관 서가를 채워 보려 백방으로 노력한 끝에 '작은 도서관 만드는 사람들'의 지원으로 어린이와 성인들이 읽을 책 3천여 권을 기증받아 마을 도서관을 열었다. 거기에 그치지 않고 강사를 초빙해 시 낭송을 곁들인 문학의 밤 행사를 열어 독서의 중요성을 강조하기도 했다.

김 교장의 열정 덕인지 마침내 주민들은 하나 둘 책 읽는 일에 동참하기 시작했으며 도서관 개관 석 달 만에 성인 회원이 80여 명으로 늘어났다. 비단 주민들뿐 아니라 인근 옥계면 소재지와 동해시까지 책 읽기 홍보를 벌여 적잖은 타 지역 주민들까지 도서관을 이용하기에 이르렀다. 여름에는 옥계해수욕장 곳곳에 도서관 이용을 안내하는 현수막을 걸어 피서객에게도 책 읽는 기쁨을 선사했다. 과감하게 학교를 개방해 주민들에게 다가간, 한 교장이 만들어 낸 작지만 아름다운 사건이었다.

학교·마을 도서관이 모든 교육 공동체로 확산되기를 기대해 본다.

내리막 다음엔 오르막이 있어 삶은 희망입니다

책 퍼주는 남자

1990년대 초반부터 본격적으로 '작은 도서관 만들기 운동'에 들어갔다. 첫 도서관은 전북 남원시 원천면 장항리 마을 회관 안에 설치했다. 지리산 뱀사골 입구에 있는 작은 마을이었다. 첫 도서관이 산간벽지의 작은 마을로 결정되자 지인들은 내게 물었다. 기왕에 좋은 일을 할 거면 사람들이 많이 이용할 수 있는 곳에다가 할 일이지 왜 하필이면 인구도 많지 않은 작은 시골 마을이냐고.

나는 주변의 충고에도 아랑곳하지 않고 묵묵히 책을 사서 분류하고 차에 실었다. 마을의 특성상 주민들에게 요긴하게 쓰일 산과 약초, 한방과 농사 관련 책들을 꼼꼼히 챙기고 잘나가는 베스트셀러와 동화책, 만화책까지 골고루 목록을 뽑았다. 밤늦게까지 고된 작업이 계속됐지만 마음만은 즐거웠다.

인구가 얼마 되지 않는 작은 마을을 위해 인구수보다 훨씬 많은 책을 보내는 이유는 간단하다. 단 한 명이 살아도, 단 한 명이 책을 읽어도 보다 많은, 다양한 책을 읽도록 규모를 제대로 갖춘 도서관을 만드는 것이 이 운동의 진정한 취지이기 때문이다. 따라서 원천마을 도서관은 '좋은 책 읽기 가족 모임'의 출발을 알리는 상징적인 첫걸음이었고, 이러한 정신은 오늘날까지 이어져 문화 혜택이 취약한 산간벽지, 농어촌, 섬마을에 우선적으로 도서관이 설치되고 있다.

첫 도서관 개관식 날을 생각하면 지금도 입가에 미소가 어린다. '과연 주민들이 책을 반겨 줄까? 괜한 짓을 하는 건 아닐까?' 마을에 도착해 버스 문을 열고 내릴 때만 해도 마음이 불안했다. '만약 주민들 반응이 시원찮으면 나를 믿고 따라온 사람들은 어쩌지?'
하지만 기우였다. 주민들은 내가 생각했던 것 이상으로 우리 일행을 반겨 주었다. 주민들의 환대에 고무된 우리는 장거리 이동의 피곤함도 잊고 곧 판을 펼쳤다. 한편에선 싣고 온 책을 서가에 배열하고 한편에선 함께 내려간 자원 봉사자들이 다양한 봉사 프로그램을 시작했다. 의료 봉사도 하고 머리도 깎아 주었다. 동화책을 읽어 주기도 하고 주민들을 대상으로 강연도 했다. 모두가 자발적으로 나서 준 많은 자원 봉사자들이 있었기에 가능한 일이었다.
초창기에는 도서관 개관식 때마다 많은 분들이 함께했다.
콧수염으로 유명한 헤어디자이너 박준 선생도 직원들을 데리고 나타났다. 각 지점에서 자원한 봉사자들이었다. 방이동의 개인 내과와 적십자병원에서도 한 팀씩 나와 의료 봉사를 곁들였다. 아미가호텔 제과점에서도 빵을 협찬해 주었고, 상아제약 허참 회장님은 가정상비약 세트를 수백 개씩 지원해 주었다. 도서관 개관을 겸한 일종의 마을 축제였다. 해당 마을뿐만 아니라 면내에까지 소문이 퍼져 수백 명이 몰려와 머리를 깎기도 하고 진료도 받았다.

단순히 책을 전달하는 데 그치지 않고 마을 축제를 벌인 이유는 지역 주민들의 관심을 유도하기 위해서였다. 좋은 책을 갖추었다고 해서 다 도서관은 아니다. 도서관의 진짜 목적은 주민들로 하여금 책을 읽게 하는 데 있다. 생계를 근근이 이어 가는 사람들에게 책을 읽으라고 권한들 책에 관심을 갖기가 쉽지 않다. 지역 주민들 대부분이 교육 수준이 낮고 책에 대한 관심도 적어 무조건 읽으라고 강요하기보다는 책의 중요성을 먼저 일깨우고, 아이들에게라도 책을 읽히도록 유도하는 게 급선무였다. 도서관 개설을 겸한 이벤트를 통해 독서 운동 캠페인을 함께 벌였던 것이다.

비단 지역 주민들뿐만 아니라 참여하는 사람들도 축제나 다름없는 시간을 보냈다. 보통 버스 한 대로 이동하고 사람이 많으면 두 대로 이동하는데, 뜻을 같이하는 지인들을 비롯해 각 분야에서 자원한 봉사자들이 함께 따라나섰다. 돈을 받고 일하는 게 아니라 타인을 위해 봉사하는 자리이니 자연히 신이 날 수밖에 없었다. 봉사자들은 봉사를 통해 나눔의 기쁨을 체험하고, 산간벽지 사람들은 좋은 책을 선물로 받고, 나는 나대로 책이 없는 작은 마을에 하나 둘씩 마을 도서관을 마련해 줄 수 있어 보람을 느꼈다.

지역 주민들에게 피해를 주지 않기 위해 중간에 먹을 음식도 미리 준비해 갔다. 물 좋은 곳이 있으면 버스를 대놓고 물고기를 잡아 매운탕을 끓여 먹기도 하고 온천이 있으면 온천에 들러 단체로 목욕도 했다. 일을 일이라 생각하지 않고 모두가 함께 즐기는 분위기를 만들어 주는 것이 나의 또 다른 역할이었다. 지금과 달리 인심이 후해서 지역 주민들의 환대도 대단했다. 굳이 만류해도 음식을 준비해 와 내놓는가 하면 마을 농악패가 출동하여 흥을 돋우기도 했다.

「자, 여러 어르신들 반갑습니다. 우리가 비록 책 때문에 왔지만 책 얘긴 않겠습니다. 오늘일랑 모든 시름 잊으시고 우리와 함께 어울려 마음껏 놀아 봅시다.」

마이크가 넘어오면 나는 즉석에서 흥겨운 놀이판을 유도했다.

「그럼 우선 대표부터 한 곡 뽑아 보소.」

할머니 한 분이 나를 가리켰다.

「좋지요. 하지만 구정물도 위아래가 있는 법, 그전에 우리 마을을 위해 수고하시는 이장님 노래 먼저 청해 듣겠습니다.」

그러자 옆에 섰던 이장님이 손사래를 치며 도망쳤다.

「이빨을 두 개나 뽑았는데 노래는 무슨.」

삼겹살 파티와 함께 즉석에서 흥겨운 노래 대회가 열렸다. 그런 날은 자원 봉사자들과 지역 주민이 한데 어우러져 어깨춤을 추며 마

음껏 즐겼다. 농사의 시름도 잊고 모두 웃음꽃을 피웠다. 비록 책이 매개가 되었지만 사람과 사람 사이에 정이 넘쳤고 주민들도 행사의 의미를 순수하게 받아들일 줄 알았다. 초창기 '작은 도서관 만들기 운동'은 이렇듯 한마디로 신명나는 잔치판이었다.

그 결과 원천마을 도서관을 필두로 첫해에만 무릉마을 도서관, 위도마을 도서관 등 세 곳에 작은 도서관을 개설할 수 있었다. 이듬해 문림마을 도서관과 변산마을 도서관을 열고 다음 해에는 용주마을 도서관, 마산마을 도서관, 청일마을 도서관, 진부마을 도서관 등을 개설하며 본격적인 행보를 펼쳤다.

사람이 사는 곳이면 어디든 책이 들어갔다. 쓰지 않고 방치하여 폐허가 된 마을 회관을 수리하여 도서관으로 바꾸는가 하면, 면민 회관, 문화회관 같은 곳에도 책을 넣어 주고 산속 기도원이나 마을 교회 한쪽 귀퉁이도 도서관으로 꾸몄다. 도서관을 세워 무엇을 어떻게 하겠다는 거창한 목적도, 특별한 사명감도 없었다. 그냥 책이 좋았고, 책을 나누는 일이 좋았을 뿐이다.

혼자서 '좋은 책 읽기 가족 모임'을 만들고, 교회 한쪽에 서가를 설치하는 것으로 시작했던 도서관 개설 운동은 2008년 7월 현재 전국에 130개가 넘는 도서관을 개설하는 성과로 이어졌다. '좋은 책 읽기 가족 모임'은 1997년 2월, 사단법인으로 단체 허가를 받고 정식 등록하여 도서관 개설 운동을 이끌어 왔으며 2002년 4월부터 강남

구립 도서관 운영을 위탁받아 활동의 폭을 넓혔다.

'좋은 책 읽기 가족 모임'을 만든 이유는 책으로 좋은 세상을 만들어 보겠다는 취지에서였다. 오만과 무관심으로 인해 꽃 같은 자식을 잃자 세상 모든 일이 허무해졌다. 언젠가 죽을 목숨, 아옹다옹 짐승이나 다름없이 살아야 한다는 사실이 부끄러웠다. 길어야 100년도 안 되는 게 사람의 인생이다. 한 번밖에 없는 그 값진 인생을 누구보다 소중하게 살고 싶었다. 내 남은 생애를 바쳐 의미 있는 삶의 흔적을 남기고 싶었다. 그렇게 종잡을 수 없는 안개를 헤치고 찾아낸 것이 바로 책이다.

올해 들어서는 학교·마을 도서관 개설에 탄력이 붙고 있다. 이미 네이버가 파격적인 지원을 하고 있고, 동아일보를 비롯한 각 지역의 대표 일간지가 중심이 돼 각 지역 자치 단체들과 협약을 통한 전국적인 지역 네트워킹이 마무리 구축 단계에 있다. 운동을 처음 시작했던 20여 년 전에 비해 책에 대한 관심은 그 어느 때보다도 높아졌고, 느리지만 서서히 그 효과가 나타나고 있다.

책 버스는 오늘도 달린다

「거기, 작은 도서관 만드는 사람들이죠?」

「네, 그렇습니다.」

「반갑습니다. 저는 강원도 인제에 있는 ○○초등학교 교삽니다. 다름이 아니라 책이 많이 부족해서 그런데 우리 학교 아이들을 위해 지원을 요청할까 해서요.」

「아, 그러세요. 좀더 구체적인 내용을 적어서 보내 주세요. 그러면 저희가 검토해서 연락드리겠습니다.」

도서관 운동이 자리를 잡아 가면서 전국 각지에서 문의 전화가 걸려 온다. 어떤 이들은 점잖게 묻고 전화를 끊기도 하고, 어떤 이들은 사정하다시피 책이 왜 필요한지 역설하며 전화를 끊지 않아 직원들의 진땀을 빼기도 한다. 장문의 이메일로 문의를 해오는가 하면, 직접 아이들이 편지를 써서 사무실로 보내오기도 한다. 매주 볼 수 있는 흐뭇한 풍경 가운데 하나이다.

수많은 시행착오를 겪으며 지금은 어느 정도 자리를 잡았지만, 활동 초기에는 모든 게 백지상태였다. 넉넉한 사업 자금도, 일을 돕는 사람도 없는, 아무것도 그려지지 않은 백지 위에 하나하나 밑그림을 그려 가야 했다. 그만큼 시련도 많았다. 공짜로 도서관을 개설해 준다고 해서 일이 술술 풀리는 건 절대로 아니다.

넉넉잖은 사비를 털어 책을 잔뜩 싣고 꼬불꼬불한 산길을 돌아돌아 찾아가면, 어쩔 수 없이 책을 받아도 속으로 못마땅해하는 사람들이 많았다. 마음이 열려 있지 않기 때문이다. 도서관을 만들기 위해 필요한 책을 주겠다고 찾아갔다가 "우리 책 안 사요" 소리를 듣기도 했고, "당장 먹고살기도 힘든데 그냥 돈으로 주면 안 되겠냐"는 말도 들었다. 가장 서글펐던 건 아이들의 꿈이 돼주어야 할 어른들이 약속을 헌신짝처럼 버릴 때였다.

「목사님, 큰일 났습니다.」

초창기 어느 해 여름이었다. 직원 하나가 급히 나를 찾았다. 며칠 뒤에 있을 도서관 개관을 위해 현지로 실어 갈 책을 묶고 있을 때였다.

「도서관 개설을 취소하겠답니다.」

「뭐? 이유가 뭐야?」

나는 버럭 소리를 지르며 자리를 차고 일어났다.

「사정이 생겼답니다. 도서관으로 이용하려 했던 교실에 문제가 생겨서…….」

직원의 입을 통해 궁색한 변명을 접한 나는 즉시 해당 학교로 전화를 걸었다. 담당자는 여러 가지 어려움을 호소하며 약속을 지키지 못하게 되었다고 설명했다. 교실도 부족하지만 도서관을 맡아 운영할 인력이 없다는 것이었다. 나는 수화기를 내던지며 울화를 삼켰다. 책을 주는 쪽도 아닌, 받는 쪽에서 일방적으로 약속을 지키지 못하겠다고 나오니 당황스러울 수밖에 없었다.

이런저런 핑계를 댔지만 결론은 의지 부족이었다. 그들은 애초부터 이 일에 열정이 없었던 것이다. 한 권의 책이 아이들에게 어떤 영향을 끼칠까를 생각하기보다, 자신들의 늘어난 업무량부터 계산했을 것이다. 차라리 잘됐다는 생각이 들었다. 그런 곳에서는 도서관 운영도 십중팔구 생색만 내다가 슬그머니 때려치우기 십상이다. 밥상을 차려 줘도 먹기 싫으면 그만이다.

심지어는 대놓고 홀대를 하는 경우도 있었다. 정리는 자기들이 할 테니 바쁘니까 빨리 책을 내려놓고 가라는 곳도 있었고, 어떤 학교에서는 시끄럽다는 이유로 행사의 주인공이 되어야 할 학생들은 하나 없이 어른들만 나와 기념 촬영하며 책을 전달받으려 하기도 했다. 이력이 붙다 보니 이제는 얼굴만 봐도 책을 진심으로 반가워하는지, 아니면 마지못해 받는지 알 수 있게 되었다. 하지만 책 한 권을 보내도 나는 반드시 아이들과 주민들을 만난다. 생색을 내기 위해서가 아니라 아이들에게 살아 있는 교육을 시키기 위함이다. 단순히 책만 전달하는 게 아닌, 왜 책을 읽어야 하는지, 책이 인생에서 얼마나 중요한지 명확히 인식시킨 후에야 비로소 전달한다.

이러한 나의 신념은 종종 정치적인 행동으로 오해받기도 한다. 준비한 물건을 전달하고 사진이나 찍고 돌아가는 선심성 행사에 익숙해진 때문이라고 이해는 하지만, 그런 대접을 받고 나면 하루 종일 속이 상한다. 뭣 때문에 집 저당 잡히고 대출까지 받아 가며 책을 사서 꾸역꾸역 여기까지 왔을까, 세상에서 가장 멍청하고 바보 같은 인간이 나란 생각에 수없이 스스로를 자책하기도 했다. 그렇게 후회를 반복하면서도 불씨를 꺼뜨리지 않고 지금까지 이어 왔다. 참고 견디다 보면 언젠간 진심이 통할 날이 올 것이라 믿기 때문이다.

그 뒤에도 나는 종종 시험에 들었다. 개인이 혼자 힘으로 시간과 돈을 들여 도서관을 만들어 주고 다니니 그럴 만도 했다. 정계로 나가기 위해 미리부터 프로필을 쌓고 있다는 오해도 받았고, 돈이 많으니까 쓸 곳이 없어 저러고 다닌다고 수군거리는 사람도 보았다. "남자가 태어났으면 큰일을 해야지, 수연이 너는 덩치도 큰 놈이 쪼잔하게 여자들이나 하는 책 읽기 운동이 뭐냐"는 친구의 핀잔을 듣기도 했다. 심지어는 "네가 《상록수》에 나오는 채영신이라도 되는 줄 아느냐"는 소리도 들었다. 기왕이면 더 큰일을 해보자는 취지에서 꺼낸 얘기였을 테지만, 그 말을 듣고 보니 정말로 회의가 들었다.

'그래, 기왕 사내로 태어났으면 더 큰일을 해야지, 책 몇 권 나눠 준

다고 해서 세상이 뭐가 달라질까. 누가 알아주기나 할까.'

그런 날은 집으로 돌아오는 발걸음이 무겁고 쓸쓸했다. 만사가 귀찮고 내 자신이 한없이 비참하게 느껴졌다. 평생 도서관만 만들다 늙어 죽을 생각을 하니 초조하고 불안했다. 어쩌면 지금도 늦지 않았을지 모른다. 남들처럼 여행도 다니고, 폼 잡고 정치도 해보고, 이도 저도 아니면 큰 교회를 세워 수백 수천 명 신도들 앞에서 '존경받는 목사'로 살아갈 수도 있지 않을까…….

하지만 이렇게 어려운 순간 언제나 그렇듯 힘이 돼준 건 먼저 천국으로 떠난 둘째와의 약속이었다.

'아빠, 무엇을 망설이세요?'

둘째의 목소리가 가슴을 치고 지나갔다. 나는 두 눈을 부릅뜨고 인생의 어두운 골목길을 노려보았다. 그래, 아무것도 의심하지 말고 이 길을 가자. 저 길 끝에 무엇이 있는지, 내가 가는 이 길이 제대로 뻗은 길인지, 의심하지 말고 내 남은 생을 하나님께 바치자. 우직한 마음으로 오로지 한 길을 걷자. 결과는 그분이 알아서 해주실 것이다. 신도들 앞에서 존경받는 목사가 되지 않아도 좋다. 설령 오해로 인해 세상 사람들에게 손가락질을 받는다 해도 묵묵히 처음 맹세한 길을 가자.

집 근처 공원에 앉아 달을 쳐다보았다. 어제도 오늘도 달은 한결같이 그 자리에 떠 있었다. 달은 누가 알아주길 바라며 어두운 밤하늘로 나서지 않는다. 비가 오거나 눈이 오는 날에도 어둠 저편에 달은 늘 묵묵히 떠 있다. 나는 흔들리지 말자고 마음을 다잡으며 주머니에 넣어 둔 편지 하나를 꺼내 읽었다. 도서관을 만들어 주고 난 뒤 아이들이 보낸 감사 편지였다.

아이들은 깨알 같은 글씨로 편지를 보내오거나 홈페이지에 글을 올린다. '안녕하세요. 목사 할아버지, 저도 어른이 되면 할아버지처럼 좋은 일하고 싶어요', '선생님들께서 저희에게 책을 기증하신 후 저는 이런 생각이 들었어요. 봉사는 몸으로만 하는 것이 아니라 마음으로도 할 수 있다는 것을요', '할아버지, 책 버스 할아버지, 사랑해요. 내년에 또 우리 학교에 들러 주셔야 돼요.' 아이들의 글을 읽으며 나는 속상했던 일들을 툭툭 털어 버린다.

기다려라, 너희들이 원한다면 어디든 이 책 할아버지가 찾아가마.

밥은 거지를 만들고
책은 부자를 만든다

탈무드에 나오는 이야기다.

여우 한 마리가 포도밭 근처에 왔지만 가시 철망으로 만든 울타리가 너무나 촘촘해서 도저히 안으로 들어갈 수 없었다. 생각 끝에 여우는 사흘 동안 굶은 뒤 몸이 홀쭉해지자 구멍을 통해 안으로 들어갔다. 여우는 포도를 마음껏 따먹은 뒤 철망으로 돌아왔다. 그런데 배가 부른 나머지 철망을 통과할 수 없었다. 여우는 다시 며칠 동안 굶은 뒤 홀쭉하게 살을 빼 포도밭을 빠져나오며 중얼거렸다.

「젠장, 들어갈 때나 나올 때나 그대로구나.」

우리의 삶도 포도밭의 여우와 다를 바 없다. 빈손으로 왔다가 빈손으로 돌아가는 게 인생이다. 재물도, 명예도, 인연도, 모두 포도밭

안에 두고 나와야 한다. 그럼에도 인간들은 배가 터지도록 욕심을 부린다.

인간은 각자 자신이 할 역할을 안고 태어난 신의 피조물이다. 하지만 죽는 날까지 자신의 역할을 깨닫지 못하는 사람이 많다. 오로지 빨리빨리 돈을 많이 버는 것만이 삶의 절대 목표가 됐고, 모든 가치 판단의 기준은 돈이 되어 버렸다. 자기 역할을 찾아 최선을 다해 자기 길을 가는 사람보다 돈 잘 버는 사람이 더 추앙받는다. 그러니까 돈을 벌기 위해 기를 쓰고 전 생애를 바친다. 건강도 잃고, 온갖 부정한 일에도 개입하고, 죽는 날까지 돈의 노예가 되어 허우적거리다가 더럽고 추한 빈껍데기로 돌아간다. 참으로 측은하고 불쌍한 삶이 아닐 수 없다.

인생은 완성이 없는 큰길의 일부다. 완성을 향해 나아가는 게 인생이다. 공부도 마찬가지다. 죽는 날까지 해야 하는 게 공부다. 오래 전 일본어를 열심히 공부하는 칠순의 할아버질 만난 적이 있다. 그 딸이 내게 하소연했다. 곧 돌아가실 양반이 일본어를 배워서 뭘 하려는지 모르겠다, 차라리 그 시간에 편안히 쉬시며 여행이라도 다니시지. 나는 그 딸에게 호통을 쳤다. 배움은 무엇에 쓰기 위해서가 아니라 배운다는 것, 그 자체로 의미가 있는 거라고…….

'선진'적인 삶이란 결코 완성된 삶이 아니다. 남보다 앞서 가는 삶을 말한다. 남보다 앞서 가는 사람은 자신의 역할을 빨리 깨달은 사람이다. 여러 갈래의 인생길에서 자신이 가야 할 길을 먼저 발견하고 앞서 가며 뒷사람들을 위해 길을 개척하는 것. 이것이 바로 선진적인 삶이다. 그리고 자신의 역할을 아는 일은 오로지 배움을 통해서, 즉 책을 통해서만 가능하다.

올바른 독서 교육은 책을 읽으라고 강요하는 것이 아니라 읽을 수 있는 환경을 만들어 주는 것이다. 밤낮 책 읽어라, 책 읽어라 말한들 관심을 기울이는 사람은 없다. 단순 재미로 치자면 책보다 훨씬 재미있는 영화나 게임이 도처에 널렸다. 그러니 책이 게임이나 영화와 어떻게 다른지, 책을 읽으면 어떤 변화가 찾아오는지, 내 인생이 어떻게 바뀌는지를 알려 주고, 또 어려운 일을 극복할 수 있는 방법까지도 책을 통해 배울 수 있음을 알려 주어야 한다.

책의 중요성을 잘 모르는 사람들은, 인터넷이 집집마다 들어온 21세기에, 클릭 한두 번이면 모든 정보를 알 수 있는 이 시대에 누가 책을 읽겠느냐고 부정적인 태도를 보인다. 아이들에게 바른 가치관을 심어 주어야 할 어른들이 이런 사고를 가졌다는 건 참으로 안타까운 일이다. 책을 읽어서 아는 것과 인터넷에서 정보를 취득하는 것은 근본적으로 차이가 있다. 인터넷 정보는 이미 출판된 책의 내용을 요약하거나 짜깁기해 놓은 것이 대부분이라 정보의 깊이와 질의 측면에서 책과는 근본적인 차이가 있다. 또한 습득한 정보를 자신의 것으로 만드는 데 있어서도 양과 지속성에서 큰 차이가 날 수밖에 없다.

인터넷이 활성화되자 심지어 어떤 사람은 활자 매체의 종말이 다가왔다고 섣불리 주장하기도 했다. 1839년 프랑스인 다게르가 사진기를 발명하자 일부 사람들이 이제 그림 산업은 몰락할 거라고 예언한 것처럼 말이다. 하지만 그런 우려와 달리 그림과 사진은 상호 보완하며 훌륭하게 서로 다른 장르로 자리 매김했다. 종이 매체도 마찬가지다. 인류가 존재하는 한 종이 책도 존재할 수밖에 없다.

독서란 타인의 삶을 엿보는 마음의 창이다. 책에는 나 아닌 다른 사람의 이야기가 쓰여 있고, 다른 사람의 삶을 통해 자신의 삶을 들여다보게 된다. 이기적인 마음이 사라지고 타인의 삶을 이해하게 된다. 상대방을 배려하고 인정하는 순간 자신을 낮추게 되고, 더불어 사는 삶의 참된 의미를 깨닫게 된다. 책은 읽으면 읽을수록 내공이 쌓여 작은 일에는 부화뇌동하지 않게 된다. 이미 타인의 삶을 통해 대처하는 지혜를 온몸 가득 간접 체험했기 때문이다.

해마다 연말이 되면 많은 단체나 기업들이 쌀과 라면을 사들고 달동네를 찾아간다. 언론의 화려한 스포트라이트를 받으면서 사진도 찍고 즐거운 한때를 보낸다. 하지만 그때뿐이다. 배고픈 사람들에게 먹을 것을 주는 것은 그 사람들을 오히려 거지로 만드는 일이다. 그들을 가난에서 벗어나게 하려면 그곳에서 근본적으로 벗어날 수 있도록 인도해 줄 지혜와 지식을 주어야 한다. 생선을 주는 것보다 낚시하는 방법을 가르쳐 주는 것처럼 말이다.

한 조사에 의하면, 우리나라 성인들의 한해 평균 독서량은 0.7권,

일본의 21권에 비해 무려 30배나 차이가 난다고 한다. 이러한 차이가 바로 국가 발전의 차이로 이어지는 것 아닌가. 가난한 사람을 도울 때 많은 사람들은 우선 의식주에 모든 초점을 둔다. 정부 정책 가운데 문화 부문이 항상 뒷전이듯 개인의 삶에도 책은 항상 그다음이다. 당장 굶어 죽는 사람에게 책은 사치라고 생각하기 때문이다. 그러나 책을 주면 스스로 구하여 먹을 방법을 찾는다. 먹을 것을 주면 계속해서 도움의 손길을 바라게 될 뿐이다. 그것은 결국 도움을 주는 게 아니라 한 인간을 도태시키고 마는 것이다.

지금 당신 주변을 돌아보라.
어려움에 빠진 사람이 있다면 당장 한 권의 책을 선물하길 권한다.
그리고 지켜보자.

마음이 같으면
길은 하나로 통한다

20년 넘게 이 일을 해오면서 여러 번 어려움을 겪었다. 특히 자금이 문제였다. 돈이 부족해 매년 몇 차례씩 중단하고 싶은 유혹에 빠졌다. 도서관 하나에 적어도 3천 권 이상의 책이 들어가는데 비용으로 치자면 적게 잡아도 2천만 원에서 3천만 원 가까운 자금이 소요된다.

재정적인 위기뿐만 아니라 개인적인 아픔도 종종 일을 방해했다. 특히 2000년 초 아내와 딸의 증발은 내게 깊은 상처를 남겼다. 부활절 주일 하루 전인 4월 22일, 청천벽력 같은 일이 벌어졌다. 재혼한 아내가 나와의 사이에서 낳은 초등학생 딸을 데리고 홀연히 사라진 것이다. 처음에는 사고가 난 줄 알았다. 그러나 가까운 사람들을 수소문해 보니 외국으로 건너갔다는 걸 알게 되었다. 아무런 예고도 없이 하루아침에 벌어진 일이었다. 처음엔 어느 나라로 갔는지조차 몰랐다. 몇 년 뒤에야 캐나다를 거쳐 미국에 정착했다는 걸 알았다.

아내는 떠났지만 뒤처리는 고스란히 내 몫으로 남았다. 플로리스트였던 아내는 사업을 하다가 많은 빚을 졌고, 나는 그 빚을 갚느라 몇 년 동안 고통을 겪어야만 했다. 여러 지인들이 아내의 대출금에 보증을 선 터라 얼굴을 들 수 없을 정도로 미안했다. 빚도 빚이지만 아내에게 버려졌다는 사실이 견딜 수 없었다. 아내에게 버려졌다는 사실과 딸아이를 다시는 볼 수 없게 되었다는 절망감에 나는 자주 분노를 터뜨렸다.

재혼한 아내는 평범한 삶을 원했던 것 같다. 저녁이면 함께 밥을 먹고 주말에 여행도 다니는 평범한 삶 말이다. 그런 측면에서 보자면 나는 분명 부족한 가장이었다. 머릿속엔 온통 도서관 생각밖에 없었으니까. 아내와 딸이 떠난 뒤, 생각 같아서는 다 때려치우고 조용히 남은 생을 보내고 싶었다. 그러나 온몸의 뼈가 낱낱이 부스러지는 것 같은 아픔 속에서도 몇 달에 한 번씩 도서관 만드는 일을 계속해 나갔다. 그동안 소중하게 지켜 온 불씨를 꺼뜨리고 싶지 않아서였다.

참기 힘든 날에는 텅 빈 교회에 꿇어 앉아 눈물로 기도를 올렸다. '하나님, 제가 흔들리지 않게 해주십시오. 어렵게 지켜 온 불씨를 꺼뜨리지 않도록 도와주십시오……'

2002년부터 2004년까지 도서관 건립 운동은 활기를 띠는 듯 보였다. 매년 다섯 개씩 의욕적으로 도서관을 개설해 나갔다. 그러나 2004년부터 다시금 슬럼프에 빠졌다. 몸과 마음이 모두 지친 상태여서 어디든 조용한 곳에 들어가 쉬고 싶은 마음이 간절했다. 잠시 손을 멈추고 호흡을 고르며 삶을 되돌아보고 싶었다.

도서관 개설에 대한 회의도 무겁게 어깨를 짓눌렀다.

외부 도움을 받지 않고 가진 재산을 하나씩 처분하며 일을 진행해 오던 상황이었다. 이미 적잖은 빚이 쌓인 터여서 언제까지 일을 계속할 수 있을지도 의문이었다. 전부터 몇몇 자원 봉사자들이 일을 돕기도 하고, 더러는 도서관 일에 쓰라며 기부도 해왔지만 몇몇의 성의만으로는 턱없이 부족했다. 어쩌면 나는 그 모든 것으로부터 탈출하듯 도망치고 싶었는지도 모르겠다.

결심이 서자 강원도 평창군 산골짜기에 작은 집을 마련해 거처를 옮겼다. 맑은 물과 깨끗한 공기 가득한 산골 생활을 하면서 기분도 좋아지고 새롭게 의욕도 솟았다. 마음이 안정되자 나는 다시 도서관 만드는 일을 생각했다. 하지만 그뿐이었다. 의욕은 앞섰지만 한 개인이 사비를 털어 일을 하는 데에는 한계가 있다는 사실을 부인할 수 없었다.

그럼에도 나는 마음이 넉넉했다.

'그래, 어떻게든 되겠지.'

설령 시련이 닥쳐도, 위기가 와도, 헤쳐 나갈 방법이 생기리라는 굳은 믿음 때문이었다. 나는 내가 20년 가까이 지속해 온 기적의 힘을 믿었다. 인터넷 포털 업체인 네이버에서 연락을 해온 것은 그즈음이었다. 2005년 가을, 사무실로 한 통의 전화가 걸려 왔다. 우리와 함께 일을 하고 싶다고 했다. 당시 도서관 만드는 일은 기로에 서 있었기 때문에 어떤 형태로든 외부의 도움이 필요했다. 때문에 네이버의 제안은 한편 반가웠고 또 한편으로는 걱정이 되었다.

그래서 처음 네이버에서 제의가 왔을 때 큰 기대를 하지 않고 그들을 만났다. 그들 역시 다른 기업들과 크게 다르지 않을 것이라 여겼기 때문이다. 도서관 개설 운동이 자리를 잡자 여기저기서 자주 협찬 제의가 들어왔다. 돈 한 푼이 아쉬운 때여서 귀가 솔깃할 정도로 달콤한 제안들이었다. 하지만 나는 그런 제안들을 대부분 거절했다. 진정성이 느껴지지 않았기 때문이다. 요즘 많은 기업들이 사회 참여 프로그램을 기획하고 있지만, 도움을 주겠다고 해서 관계자들을 만나 보면 은근슬쩍 홍보 조건을 끼워 넣는다. 그런 경우 나는 단호하게 협찬을 거절한다. 그동안 나름으로 순수하게 이끌어 온 운동의 본래 의미가 한순간 훼손될 수 있기 때문이다.

네이버와 '작은 도서관 만드는 사람들'은 여러 차례 만나 대화를 나누었다. 마음을 열고 속 깊은 대화를 나누다 보니 통하는 점이 있다는 걸 알게 되었다. 포털 사이트는 지식 공유를 바탕으로 존재한다. 도서관 운동도 지식을 전파하는 일이다. 공통분모가 생기자 나는 어떻게 우리를 도울 것인지 물었다. 조건을 들어 보고 수용할 수 있는지의 여부를 알아보기 위해서였다.

젊은 담당자가 대답했다.

「아무 조건도 없습니다. 그냥 지원하겠습니다.」

나는 내 귀를 의심했다.

「아무 조건도 없다고요? 뭘 믿고 내게 자금을 지원한단 말입니까?」

「그전부터 목사님이 하시는 일을 지켜보고 있었습니다. 목사님이 개인적인 명예나 혹은 종교적인 목적, 기타 다른 이유를 위해 이런 일을 하고 계시다면 우리 역시 목사님을 도울 아무런 이유가 없습니다. 하지만 목사님이 하시는 일에 진정성이 느껴졌습니다. 이런 분이라면 우리가 도와도 되겠다는 확신이 섰습니다. 우리가 진작부터 하고 싶었던 일을 앞서서 하고 계신 분이란 판단이 섰지요.」

진정성을 느꼈다니? 그건 오히려 내가 협찬을 하겠다고 나서는 기업에게 하고 싶은 주문이었다. 그런데 네이버 입장에서 먼저 일의 순수성을 높이 사고 아무런 대가도 없이 도움을 주겠다고 나선 것이다. 지식 정보를 기반으로 사업을 펼치는 네이버는 온라인이 아닌 오프라인에서도 지식 정보를 이용하여 사회에 기여할 방법을 찾고 있었고, 그러던 차에 오랫동안 곳곳에 작은 도서관을 개설해 온 우리 단체를 찾아 지원을 하고자 나섰던 것이다.

「젊은 경영인들이 그런 마인드로 기업을 운영한다니 우선 고맙고 또 반갑습니다. 만약 네이버에서 순수하게 우리를 도와준다면 사업에 큰 힘이 실릴 테지요. 하지만 그전에 분명히 해두어야 할 게 있습니다. 단순히 자금을 지원하는 데에만 그치지 말고 함께 이 사업을 한다는 생각으로 도서관 개설 현장에도 참여해 네이버의 사회 공헌 의지를 확인하도록 했으면 하는데요?」

「좋습니다. 함께합시다.」

네이버와 나는 뜨겁게 손을 마주 잡았다.

네이버와 협력 관계가 형성되자 일에 가속도가 붙었다. 2005년 7군데 개설에 그쳤던 도서관 건립이 2006년에는 무려 17곳으로 늘어났다. 두 달에 3곳 꼴로 도서관이 생겨난 것이다. 네이버에서는 2008년에도 20억 원의 거금을 지원하였으며 그 결과 50곳이 넘는 곳에 새로이 학교·마을 도서관이 들어서고 있다.

덩달아 우리의 일도 눈코 뜰 새 없이 바빠졌다. 책을 싣고 아이들을 찾아다니는 이동 버스도 4대로 늘어나고 직원도 늘었다. 정신없이 바쁘지만 마음은 즐겁기만 하다. 주문한 책을 받아 분류하고 다시 차에 실어 나르다 보면 어느새 한 달이 뚝딱 지나가지만, 책을 받고 좋아할 시골 아이들과 주민들을 떠올리면 피로가 싹 가신다.

천상의 오케스트라 화음

교회 한 귀퉁이에 서가를 설치하면서 책과 인연을 맺은 지도 어언 20년이 흘렀다. 또한 네이버와 동아일보 등의 적극적인 후원에 힘입어 그동안 전국 각지에 기증한 책만도 100만 권에 가깝다.

소중한 일을 하는 만큼 '작은 도서관 만드는 사람들'의 직원들은 누구나 봉사와 희생을 바탕으로 맡은바 직무에 최선을 다하고 있다. 도서관에 비치될 책을 선별하고 정리 발송하는 사람, 책이 가득 든 버스를 운전하며 매일같이 시골 길을 달리는 사람, 행사를 계획하고 지원하는 사람, 도서관 개관 행사 때마다 특강을 나와 봉사하는 사람까지, 어느 누구도 자기희생 정신이 없다면 이 일을 할 수 없다. 직원들의 보이지 않는 노력이 한 땀 한 땀 모여 비로소 척박한 오지 마을에 한 개의 도서관이 들어서게 되는 것이다.

'작은 도서관 만드는 사람들'의 본부 사무실은 전국 각지에 흩어진 도서관을 관리하고, 또 새로운 도서관 개관을 준비하는 일종의 사령탑이다. 이곳에서 직원들은 변현주 사무국장을 중심으로 홍보지 발행과 독후감 공모, 도서관 건립 행사 준비와 세미나, 작가와의 만남, 위탁 도서관 및 자원 봉사자 관리 등의 업무를 맡아본다. 사무실과 가까운 곳에 도서 창고가 있으며 강원도 장평에 별도의 창고를 운영하고 있다. 또한 대형 버스를 개조해 마련한 넉 대의 이동도서관_{이하,} 책 버스도 운영 중이다.

특히 책 버스의 활약은 눈이 부시다. 2천여 권의 책과 편히 앉아 책을 읽을 수 있는 의자를 갖춘 책 버스는 움직이는 소형 도서관이다. 책 버스의 장점은 어디든 달려갈 수 있다는 데에 있다. 산간벽지 마을을 비롯해 작은 어촌 마을, 오일장이 열리는 장터 어귀, 계곡 휴양지, 고속도로 휴게소 등 버스가 들어갈 수 있는 곳이면 어디든 가리지 않고 찾아간다. 관광객이 많이 찾는 해수욕장에 버스를 대놓고 책을 대여해 주는가 하면 대학 캠퍼스에도 찾아가 책 읽기를 홍보한다. 특히 전국의 축제 현장은 빼놓을 수 없는 책 버스 투어 장소이다. 책 버스를 방문한 사람들은 냉난방이 된 버스에 올라 휴식을 취하며 책을 읽을 수 있고 휴대하기 좋은 미니 포켓북도 선물로 받아간다.

책 버스는 이동도서관으로써의 활용 가치 이외에도, 그 자체로 독서에 대한 홍보 효과가 크다. 시, 군청 공무원들이나 학교 선생님들

에게도 소형 책자를 나누어 주고 독서 캠페인을 진행한다. 일선 현장의 공무원들이 독서의 중요성을 인식하고 이를 다른 사람에게 전파한다면 파급 효과가 대단히 클 것이란 생각에서다.

책 버스가 가는 곳이면 어디든 함께하는 자원 봉사자들의 활약도 빼놓을 수 없다. 사단법인 '색동어머니회'에서는 윤경희 교수님을 주축으로 매번 동화 구연 봉사를 자청한다. 독서 전문가 정석희 선생님, 이가령 교수님, 최희수 선생님의 특강도 매번 멋진 양념 역할을 한다. 네이버에서는 도서관 개설 자금을 지원할 뿐만 아니라 도서관 개설 때마다 직원들이 참석하여 아이들에게 푸짐한 선물을 안긴다. 동아일보도 적지 않은 지면을 할애하여 독서의 중요성을 알리고 있다. 요즘에는 도서관에 대한 사회적 인식의 틀이 확대되어 해당 지역 교육청이나 공공 기관에서도 적극적으로 행사를 지원하는 추세이다.

특히 푸름이 아빠로 유명한 푸름이닷컴http://www.purmi.com 운영자 최희수 선생은 열성적으로 이 일을 함께하는 동역자요 든든한 후원자다. 푸름이 아빠는 '작은 도서관 만드는 사람들'이 강남구의 위탁을 받아 운영하는 강남 구립 도서관에 강사로 초대되었다가 함께 참여하게 됐다. 푸름이 아빠는 사교육비를 한 푼도 들이지 않고 직접 아이를 영재로 키우는 독서 교육법을 창안하여 널리 보급하는 일에 앞장서 오고 있다. 전국에 자녀가 있는 회원만도 3, 40만 가정에 이른다.

그가 개발한 독서 영재 교육법은 수많은 방송 출연과 강연을 통해 자식을 키우는 많은 학부모들에게 희망으로 자리 매김했다. 푸름이 아빠는 바쁜 일정 속에서도 도서관이 개설되면 열 일 제치고 아무리 먼 길도 마다하지 않고 달려온다. 강연 봉사뿐만 아니라 자회사에서 출간한 책들도 매년 수천 권 이상 무상 기증하여 도서관을 만드는 데 큰 힘이 되어 주는, 없어서는 안 될 존재다.

업무 전체를 총괄하는 변현주 국장도 모임의 든든한 기둥이다. 내가 목회 일로, 농사 일로, 또 개관식 참석차 바삐 서울과 평창, 또는 전국 각지를 돌아다니는 사이 변 국장은 세세한 것까지 일일이 챙기며 업무를 조율한다. 그녀가 없었다면 이 일은 이미 오래전에 좌초 됐을지도 모른다. 최초 '좋은 책 읽기 가족 모임'부터 '작은 도서관 만드는 사람들'에 이르기까지 알게 모르게 그녀의 손길이 컸다. 변국장은 나와 마찬가지로 한때 방송국에 적을 두었다. 아버지가 청주 중심가에 있는, 유명한 서점인 '문화서림'을 경영했기 때문에 어릴 때부터 책과 깊은 인연이 있던 그녀는 청주 MBC에 입사하여 아나운서가 되었다. 이후 그녀는 새로 문을 연 모 케이블 방송국으로 자리를 옮겼고 그곳에서 KBS 퇴직 후 선배의 부탁으로 잠시 방송국 일을 돕던 나와 인연을 맺게 되었다.

이외에도 온갖 궂은일을 마다 않는 유지현 실장을 비롯해 많은 직원들이 휴일에도 모임의 손발이 되기를 자처하며 아이들에게 안길 책 한 권을 위해 땀을 흘린다. 특별한 보상도, 명예도 주어지지 않은 일이지만 오로지 보람 하나로 똘똘 뭉쳐 자신을 희생하며 묵묵히 맡은바 업무에 매진하고 있다. 그들의 헌신적인 도움이 없었다면 나는 오래전에 도서관 개설 운동을 포기하고 말았을 것이다.

지난 20여 년간 많은 분들이 '작은 도서관 만드는 사람들'을 위해 땀을 흘리며 고락을 나누어 왔다. 모두가 집으로 돌아가면 한 가정을 책임진 가장이요 어머니, 또한 귀한 아들딸이지만, 인생의 목표를 개인적인 욕망에 두지 않고 오로지 책을 통해, 좋은 세상을 만들기 위해 숭고히 바치고 있는 셈이다. 내가 오케스트라의 지휘자라면 그들은 하나하나 고운 음색을 지닌 악기이다. 나는 단지 지휘만 할 뿐 오늘의 결과를 만든 건 그들의 땀방울이다.

구두야, 휴대폰아, 바퀴야,
미안하다

널리 책을 읽히는 일에 매달리면서 한 달을 일 년 365일처럼 살고 있다. 그러다 보니 가장 고생을 하는 건 내가 아닌 구두와 휴대폰, 자동차 바퀴다. 100킬로그램이 넘는 내 몸을 지탱하느라 구두는 한겨울에도 땀을 흘린다. 가끔 뒤축을 한쪽으로 기울이며 응석을 부리기도 하지만 나는 잠시도 구두를 쉬게 두지 않는다.

이런저런 약속을 잡고 일을 진행하다 보니 휴대폰도 혹사를 당한다. 구두는 밤에 쉬기라도 하지만 휴대폰은 밤낮 구분도 없다. 교회에 들어설 때만 휴대폰을 꺼두니 휴대폰에겐 교회가 유일한 안식처인 셈이다. 하지만 자동차 바퀴에 비하면 구두와 휴대폰은 그래도 양반이다. 자동차 바퀴는 아침에는 부산으로 저녁에는 안식처인 산골 수림대 마을로 다음 날에는 서울로, 약속 시간에 맞게 나를 옮겨 놓기 위해 자갈을 튕겨 내고 아스팔트에 제 몸을 비비며 미친 듯 질주를 거듭한다.

가까운 지인들은 내게 느리게 갈 것을 충고한다. 하지만 나는 충분히 느리게 살고 있다. 비록 몸은 바쁘지만 짬짬이 휴식을 취한다. 깨끗한 물을 찾아 방문지 주변의 숨겨진 계곡이나 물 맑은 호수를 찾아다니는 재미도 쏠쏠하다. 시간이 몇 시간이라도 비면 나는 여지 없이 지도를 펼쳐 놓고 근처의 계곡이나 호수를 찾는다. 잠깐이라도 계곡에 두 발을 담그고 앉아 있거나 호수를 보며 생각에 잠겨 있노라면 마음이 가라앉고 삶의 에너지가 충전된다.

특히 나는 안개 낀 호수를 좋아한다. 안개가 막 피어나는 아침 호수 근처에 차를 대놓고 안개 속으로 섞여 들어가면 들끓던 마음도 어느새 정돈이 된다. 새벽마다 호수는 제 몸의 얇은 결을 들어 올려 안개를 피우고 연막을 친다. 그러나 안개가 짙을수록 날씨는 맑아지는 법이다. 안개에 섞여 쉬면서 나는 그 자리에 작은 쉼표 하나를 새기고 돌아선다. 아직은 가야 할 길이 멀기 때문이다.

「길의 끝에는 무엇이 있지?」
달리는 자동차에 앉아 가끔씩 길을 향해 묻는다. 길은 대답하지 않는다. 대답 대신 내 시야가 가늠할 수 있는 그만큼의 길과 늘상 비슷비슷한 산모롱이 한쪽을 슬며시 내어 줄 뿐이다. 길은 내게 어머니 같은 존재다. 채근하지도 묻지도 않는다. 내가 가는 대로 제 안쪽을 내주며 묵묵히 지켜보는 게 전부다.

내가 길에게 길을 묻듯, 사람들도 내게 묻는다. 도대체 어디서 그 많은 돈이 나와서 100개도 넘는 도서관을 만들었냐고. 무엇을 향해 쉬지도 않고 달려가느냐고. 그런 질문을 하는 분들에게 꼭 해주고 싶은 말이 있다. 돈이 많다고 해서 이런 일을 할 수 있는 건 아니라고. 중요한 건 의지와 마음이라고.

물론 내 전 재산이 송두리째 들어간 것만은 분명하다. 방송국에 사표를 내기 전까지 받았던 월급과 퇴직금도 모두 이 일에 쓰였다. 도서관이 하나씩 생길 때마다 야금야금 내 몫의 달란트가 사라졌다. 그러나 나는 조금도 후회하지 않는다.

다른 사람의 시선에서 보자면 바보나 다름없는 삶일 것이다. 하지만 요술 주머니를 찬 것도 아닌데 나는 지금도 여전히 도서관을 개설하고 다닌다. 어려운 순간이 닥치면 반드시 그것을 극복할 수 있는 지혜가 함께 주어졌다. 돈이 필요하면 어떻게든 기적처럼 해결이 되었고, 사람이 필요하면 일을 돕겠다고 나서는 분들이 생겼다. 거창하지는 않지만 늘 내 곁에선 기적이 끊이지 않았고 그 기적이 나를 살게 했다. 내가 포기하지 않는 이상 삶은 어떠한 경우에도 나를 포기하지 않는다. 그건 누구의 인생인들 마찬가지다.

또 사람들은 내게 말한다. 나도 목사님처럼 좋은 일을 하고 싶은데 가진 게 없어서, 혹은 사는 일이 너무 바빠서 짬이 나지 않는다고.

하지만 그렇게 말하는 사람들 면면을 들여다보면 나보다 돈도 시간도 많은 사람들이 대부분이다. 모든 건 마음먹기에 달렸다. 1억 가진 사람은 10억을 소원하고 10억 가진 사람은 100억을 목표로 인생을 혹사한다. 인간의 욕심은 무덤에 들어갈 때까지도 끝이 없다. 죽음을 눈앞에 두고, 건강을 잃고 나서, 제대로, 열심히 살지 못한 자신의 인생을 후회한들 무슨 소용이 있을까.

'돈으로 행복해지려거든 남을 위해 써라'라는 부자를 위한 명언이 있다. 꾸준히 사회에 거액을 기부하는 마이크로소프트 창업자 빌 게이츠나 전 재산을 사회에 내놓은 오마하의 현인 워렌 버핏 같은 이들은 이 명언을 잘 실천하며 사는 사람들이다. 이들이 느끼는 보람과 행복은, 돈을 그러모아 통장에 쌓아 둔 사람들이 느끼는 행복과는 천지 차이일 것이다. 삶의 우선순위를 어디에 두느냐에 따라 한 개인의 삶이 이렇게 달라질 수 있는 것이다.

진정한 행복은 나눌 때 온다. 자신의 것을 세상과 나누면 정신이 살찌고 마음이 부자가 된다. 기다리면 늦는다. 무엇을 해야지, 하고 떠오른 순간 움직여야 한다. 하루 이틀 뒤로 미루다 보면 기회는 영영 다시 오지 않는다. 내가 도서관 활동에 매달리는 이유도 이와 같다. 언젠가 누군가 해야 할 일이라면 후손들에게 미루지 말고 지금 우리가 해야 한다. 이 일을 통해 물질적으로 많은 것을 잃었는지는 모르지만 나는 가치를 따질 수 없는 무형의 행복을 얻었다.

그 행복감이 오늘도 나를 저 길 위로 채찍질한다.

천국으로 보내는
백만 송이 민들레

2008년 6월 25일, 전북 부안 지역에 처음으로 학교·마을 도서관이 개관됐다. 사단법인 '작은 도서관 만드는 사람들'이 부안군 및 부안교육청과 '책과 더불어 살맛나는 부안 만들기'를 위한 학교·마을 도서관 설치 운영 협약을 맺고, 협약에 따라 부안군 줄포초등학교에 주민과 학생들을 위한 마을 도서관을 열게 된 것이다.

김길중 줄포초등학교 교장선생님과 정은희 주민 대표가 마을 도서관장으로 위촉됐다. 줄포마을 도서관 개관은 부안 지역의 첫 도서관인 만큼 의미가 남다르다. 줄포도서관을 시발점 삼아 부안 전역, 나아가 전북 전역으로 점차 마을 도서관을 확대해 나갈 계획이기 때문이다. 이날 '작은 도서관 만드는 사람들'에서 줄포마을 도서관에 기증한 도서는 성인 도서 857권, 아동 도서 2,200권 등 총 3,057권이다.

개관식 전에는 학부모들을 대상으로 경희대 평생교육원의 이가령 교수님의 독서 특강이 있었다. 이 교수는 책을 읽는 능력보다 듣는 능력이 중요하다며 자녀들에게 틈나는 대로 책을 읽어 줄 것을 권했다. 참으로 옳은 얘기다. 책을 읽는 행위와 읽어 주는 것은 다르다. 자녀에게 책을 읽어 주는 것은 자녀와의 쌍방향 대화이다. 자녀와 부모가 함께 교감하고 함께 책 속으로 모험을 떠나는 것이다.

독서 특강이 열리는 동안 운동장에 주차된 책 버스에서는 동화 구연이 한창이었다. 사단법인 '색동어머니회'에서 나온 동화 연구가 윤경희 선생이 마녀의 목소리를 흉내 내며 깔깔거리자 아이들은 재미있다는 듯 까르르 웃는다. 아이들과 함께 버스에 올랐던 동네 아주머니는 신기한 듯 버스의 책들을 눈으로 훑다가 "아이구, 이게 뭔 글자여. 이제 눈이 어두워 잘 보이지도 않네" 하시며 그래도 기분이 좋은지 마냥 호호거린다.

— '작은 도서관 만드는 사람들' 홈페이지에서

행사가 끝나고 돌아설 땐 언제나 아쉬움이 남는다.

「자, 이제 갈 시간이다. 다음에 꼭 다시 오마.」

책 버스 아저씨도, 동화 구연 선생님도, 특강을 나온 푸름이 아빠도, 보내기 싫어하는 아이들을 달래느라 진땀을 뺀다.

「정말 다시 와요?」

「그럼, 우리는 약속을 꼭 지킨단다.」

「책 많이많이 읽을 테니까요, 꼭 다시 와야 해요.」

「그래, 그러마.」

아이들은 교문 밖까지 뛰어나와 서운한 얼굴로 손을 흔든다.

버스는 시원하게 펼쳐진 바다를 옆에 끼고 속력을 내기 시작한다. 나는 턱을 괴고 잠시 웃어 본다. 아이들에게 꿈을 전해 줄 책 버스는 또 다른 곳으로 여정을 계속하겠지. 그곳에서 만나게 될 아이들을 떠올리자 입가에 싱긋 미소가 피어난다. 노을에 물든 바다가, 바다 위를 날아다니는 갈매기들이, 오늘따라 더욱 생명력 넘쳐 보인다. 아이들의 꿈도 이처럼 싱싱하게 자라나 그 꿈이 영글게 되지 않을까?

어쩌면 지난 20년간, 나는 인생의 많은 부분을 잃었는지도 모른다. 사랑하는 자식들과도, 아내와도, 운명의 장난처럼 이별을 하고 말았다. 또한 제대로 효도 한번 해드리지 못하고 부모님들을 차례로 떠나보냈다. 가정에서 나는 못난 아버지였고 남편이었으며 부모님께는 못난 자식이었다. 목사라는 그럴듯한 직업을 지녔지만 목회보다는 독서 운동에 더 많은 시간을 쏟았으니 하나님 입장에서 본다 해도 진실로 잘한 일인지 모르겠다.

물질적으로도 굳이 따지자면 손해만 본 날들이었다. 인생의 후반을 도서관 개설하는 일에 쏟아 부었다. 혹자는 나라에서 할 일을 뭐하러 그렇게 열심이냐고 충고했다. 정말 그랬는지도 모른다. 내가 하지 않아도 언젠가 이 나라의 의식 수준이 향상되면, 또 나라가 부유해지면 지금보다 많은 도서관이 생겨날 것이다. 하지만 내 생각은 다르다. 언젠가,라는 가정은 필요하지 않다. 누군가,라는 주체도 필요하지 않다. 지금 당장 그 일이 필요한 일이기에, 우리에게 가치 있는 일이라는 판단이 섰기에 삶의 모든 열정을 바쳐 도서관을 만드는 일에 매달려 왔다.

그동안 마음 놓고 근사한 곳으로 여행 한번 가지 못했다. 두 다리 쭉 뻗고 쉬기보다는 늘 빠듯한 일정과 자금에 쫓겨 마음을 졸였다. 그래도 행복했다. 책 버스를 보고 달려오는 아이들을 보면서, 독서의 소중함을 깨닫고 아이들에게 책을 읽히는 부모님을 보면서, 당장 눈앞에 그 효과가 나타나지는 않지만, 이 작은 변화가 더욱 큰 변화로 결실을 맺을 수 있다는 확신을 가졌다. 그리하여 몸은 고달팠지만 마음은 늘 행복하다.

고속도로 휴게소에 들러 일행과 함께 커피 한잔을 마셨다. 주차장 맞은편 언덕에 철 지난 노란 민들레 몇 송이가 피어 있다. 줄기 끝에 매달린 공 모양의 새하얀 갓털 뭉치를 꺾어 손에 들었다. 수백 개의 갓털 끝에는 각각 작은 꽃씨가 매달려 있다. 바람을 훅 불어 주자 마치 낙하산 부대처럼 갓털들이 바람에 날아오르며 장관을 연출한다. 몇몇 개는 주차장 틈새로 내려앉고 또 어떤 것은 달리는 자동차 보닛 위로, 또 몇몇 개는 공중으로 날아올라가 까마득히 사라졌다.

내년 봄이 되면, 민들레 씨앗들은 어디에선가 꽃을 피우겠지? 제 몸을 갈라 싹을 틔고 줄기를 밀어 올려 꽃을 피우고 제 씨앗을 매달

것이다. 그 꽃씨들이 다시 바람에 날아가 꽃을 피우고, 그렇게 민들레는 강가 언덕에, 밭머리에, 아스팔트 틈새에, 농가의 지붕 위에 꽃을 피우며 우리들을 기쁘게 할 것이다. 그 씨앗들 가운데 몇 개는 바람을 타고 높이 날아올라서 내 아들이 잠든 천국의 밭에도 피어나길 소망해 본다.

내가 포기하지 않고 20년 동안 이 일을 할 수 있었던 건 먼저 간 아들과의 약속 때문이다. 책을 마음껏 사주겠다는 약속을 지키기 위해 나는 개인적인 모든 영화를 뒤로한 채 미친 듯 일에만 매달려 왔다. 그 과정에서 많은 것을 잃었지만 더 크고 위대한 사랑을 세상과 나누었기에 한치의 후회도 없다. 그러기에 나는 생각한다. 지금까지 세상에 뿌려진 수십만 권의 책은 하나하나의 작은 민들레 씨앗이라고. 하나의 씨앗은 다시 수백 개의 씨앗이 되어 어느 척박한 땅에 꽃을 피울 것이라고…….

그 씨앗이 내 아이의 마음에도 뿌리내릴 것이라고.

그곳에는 꼬마 전기수傳奇叟들이 산다

아이들이 책을 한 보따리씩 들고 교문을 나서는 이상한 초등학교가 있다. 강원도 강릉시 왕산면 도마1리 왕산초등학교가 그곳이다. 마을이 대관령과 삽당령 사이에 있는 왕산초등학교는 지리적 요건도 좋지 않고 그만큼 주민들의 왕래도 뜸하다. 전교생이라곤 유치부를 포함해 20명뿐인 아이들이 틈날 때마다 책을 들고 밖으로 나서는 이유이기도 하다.

오늘 아이들이 향하는 곳은 인근 둔지마을 회관이다. 아이들은 손에 손에 책을 두세 권씩 든 채 10여 명의 어르신들이 모여 있는 마을회관에 도착, 할머니 할아버지께 책도 읽어 드리고 안마도 해준다. 21세기판 전기수가 따로 없다. 전기수란 옛날에 글자를 모르는 사람들에게 책을 읽어 주던 직업을 가진 사람을 말한다. 조선 시대 후기만 해도 실제로 수많은 전기수들이 활동했지만 해방 이후 급속히 근대화가 진행되면서 자취를 감추었다.

「안녕하세요, 할머니, 할아버지.」

「아이구, 우리 아가들 왔구나.」

어르신들은 손자뻘 되는 학생들의 방문에 마냥 즐겁기만 하다.

「오늘은 어떤 책을 읽어 줄래?」

팔순의 최종옥 할머니가 3학년 정동연군에게 묻는다.

「《똥거름》이요.」

동연이가 할머니에게 《똥거름》이란 동화를 읽어 드리자 할머니는 머리를 푹 숙인 채 마냥 이야기 속으로 빠져 든다. 최 할머니는 어르신들 사이에서 특히 '책 할머니'로 통한다. 마을 도서관이 생긴 이래 독서에 푹 빠진 할머니 중 한 분이다. 시력이 나빠 책을 잘 접하지 못했으나 아이들이 손수 책을 읽어 주니 재미가 쏠쏠하다신다.

아이들은 자신들의 활동을 꽃송이라고 부른다. 꽃송이에는 책을 통해 어른들에게 기쁨을 주는 '아기 꽃'이라는 의미가 담겨 있다. 책이 아닌 꽃을, 즉 마음을 나눈다는 의미다. 주양녀87세 할머니도 그동안 눈이 보이지 않아 책을 못 봤는데 아이들이 와서 책을 읽어 주니 그 자체가 좋다며 기뻐하신다. 이규만85세, 장옥희82세씨 부부도 책 읽어 주는 아이들의 사랑스러운 목소리를 한 구절도 놓치지 않는다.

「우린 아이들이 책 읽는 목소리 자체가 좋아요. 우리 마을에 아이들 소리가 없어져 가슴 아팠거든요. 이렇게라도 아이들 목소릴 들을 수 있으니…….」

왕산마을 도서관은 지난해 3월 9일 개관했다. 별도의 공간이 없어 다목적으로 쓰는 교실에 도서관을 설치하고 3천여 권의 책을 비치했다. 비록 환경은 열악하나 마을 도서관 개관 이후 아이들의 독서량은 몰라보게 늘었다. 매일 아침 독서 시간을 갖고 있다. 책을 읽을 때마다 독서 카드에 기록하는데 대부분의 아이들이 100권 이상의 책을 읽었다. 평소에는 책 한 권 제대로 접하지 못했던 산간 마을 아이들 치고는 대단한 독서량이다.

왕산마을 도서관이 더 특별한 이유는 주민들에게 적극적으로 책을 권한다는 점이다. 마을이 대관령 대기리부터 목계리, 도마1, 2리까지 넓은 지역에 분산돼 있어 도서관이 제 구실을 하기에는 많은 제약이 따랐다. 지리적 특성 때문에 주민들이 도서관에 오기가 쉽지 않은 문제점을 해결하기 위해 학교에서는 담당 교사를 중심으로 '마을 주민들에게 책을 들고 찾아가자'는 운동을 시작했고 이는 아름다운 결실로 꽃을 피웠다.

왕산초등학교 아이들이 책 사랑을 나누기 위해 찾아가는 곳은 경로당뿐만이 아니다. 아이들은 등교나 하교 시간에 열심히 책을 나른다. 오후 3시 30분, 7교시가 끝난 아이들은 책을 몇 권씩 들고 스쿨버스에 오른다. 교통이 원활하지 않은 지역에 책을 전달하기 위해서다. 왕산마을 도서관에서는 이에 그치지 않고 왕산면사무소, 고단분교, 대기리 보건지소 등 3곳에 도서관 분소를 만들어 이동도서함을 설치했다.

월 3회, 분소마다 주민들이 선택한 책을 30권 갖다 놓는다. 분소가 생긴 뒤 주민 독서량이 월 5권으로 증가했다. 책을 거의 읽지 않던 마을에서 이러한 결과는 놀라운 변화라고 할 수 있다. 이외에도 왕산마을 도서관에서는 아이들에게 매주 가족 수만큼 책을 대출해 준다. 아이들과 부모들은 'TV 끄고 책 보기' 캠페인을 실천하고 있다.

「할아버지, 할머니 다음 주에 또 들를게요.」
두 시간가량 책 읽는 시간이 끝나자 아이들이 일제히 절을 올린다.
「그래, 또 오너라, 고맙구나.」
어르신들은 못내 아쉬운 듯 손을 흔든다.
「네, 안녕히 계세요.」
아이들은 저마다 들고 온 책을 챙겨 학교 도서관으로 달음박질한다. 아이들의 어깨에 노을이 내려앉고 있다.

＊ 참고 자료 : 동아일보

안녕하세요. 저는 책 배달부 강노을입니다

저는 강원 춘천시 송화초등학교 4학년 1반 강노을입니다.

수업을 마치는 종소리가 울리면 우리 반 친구 7명은 한바탕 달리기 경주를 벌입니다. 그렇게 달려가는 곳은 솔빛도서관. 바로 우리 학교 2층에 있는 마을 도서관입니다. 8월 '작은 도서관 만드는 사람들'의 도움으로 책이 무지하게 많이 들어오면서 우리 도서관은 세상에서 제일 좋은 도서관이 됐습니다. 그동안 보고 싶어도 볼 수 없었던 베스트셀러부터 과학책, 역사책까지 다 볼 수 있으니까요. 가을 운동회가 끝난 다음 날에는 빨간 주머니까지 선물로 받았습니다. 책상에 집배원 아저씨 가방 같은 붉은 가방이 있기에 심은혜 독서 선생님께 물어보니 '책 주머니'라고 하시더군요. 그러면서 말씀하셨어요. "이제부터 매주 두 권씩 이 가방에 담아 배달을 해야 한다."

그래서 저는 우리 학교에서 제일 부지런한 '책 배달부'가 됐지요. 엄마 아빠를 비롯해 책을 읽고 싶어 하는 주위 어른들께 매일 하루에 두 권씩 배달한답니다. 우리 집에 꽂힌 책이라곤 농사에 관한 책밖에 없지만 원래부터 그랬던 것은 아니었어요. 우리 집은 내가 태어나기 훨씬 전, 그러니까 우리 큰오빠가 한 살이었던 19년 전에 이곳 송암 골로 이사왔습니다. 대학에서 국문학을 전공한 아빠는 시인의 꿈을 잠시 접고 '귀농'을 하신 겁니다. 아주 어릴 적 기억이지만 우리 집엔 책이 산더미처럼 쌓여 있었어요. 작은 방 하나가 책으로 가득 찼으니까요. 그런데 큰일이 났습니다. 제가 다섯 살 때인 1999년 설날 전날, 가족이 모두 명절을 쉬러 간 사이 집에 불이 났어요. 슬레이트로 된 우리 집은 까맣게 재로 변했고 책 3천 권도 흔적도 없이 사라졌답니다. 집은 다시 흙으로 지어 새집이 됐지만 타버린 책들은 영영 볼 수 없게 됐습니다.

그후로 엄마와 아빠는 말없이 농사만 지으셨습니다. 고추, 감자도 심고 된장도 담고 가꿔 놓은 텃밭이 제법 된대요. 집이 불탄 후론 아빠도, 아빠처럼 오래전에 국문학을 공부한 엄마도 예전처럼 시집을 보지 않으셨습니다. 엄마의 표현을 빌리면 '한때의 열정'이셨대요. 그 대신 매일 아침 나를 학교에 데려다 주는 엄마는 낮에는 농사일에, 저녁엔 밥을 짓느라 바쁘십니다. 이제 눈도 어른거려 글자가 퍼져 보인다고 하시고 "시집 한 권 사보려고 해도, 니들 먹이고 입혀야지……"라고 하십니다.

도서관에 책이 많이 들어온 후로 저는 김훈 아저씨 책을 알게 됐습니다. 요즘 읽는 건 《자전거 여행》. 짧은 문장으로 그렇게 감동적인 글을 쓸 수 있다는 게 놀랍습니다. 제 친구 한빈이는 제가 잘난 척하려고 어려운 책을 읽는다고 놀리지만 저는 이 책이 정말 좋습니다. 그래서 이번엔 무작정 책주머니에 《칼의 노래》를 담았어요. 엄마가 이 책을 읽었으면 했으니까요. 바쁜 농사일에 고된 몸으로 짬짬이 책 읽는 엄마의 모습을 보니 기분이 좋았습니다. 엄마도 아저씨의 단문에 감동받으신 눈치예요.

얼마 전 김훈 아저씨의 직업이 기자였다는 사실을 알고 전 다시 꿈꾸게 됐습니다. 저의 오랜 꿈인 기자가 꼭 될 거예요. 그러기 위해선 우선 아저씨 책을 다 읽을 겁니다. 아직 우리 도서관엔 아저씨의 책이 두 권밖에 없지만요. 아저씨의 책이 들어오기만 한다면 전 세상에서 가장 빠른 책 배달부가 되어 엄마한테 책을 전해 드릴 겁니다. 누구보다 내가 기자가 되길 바라는 엄마도 같이 책을 읽기로 약속했으니까요. 매번 반납 일을 지키지 못해 "아이고, 이거 내일까지 다 읽을 수 있으려나"라고 하시지만. 그리고 "엄마 책 읽는 거 좋아?"라고 물으면 "응, 잠이 빨리 와서 좋아"라고 하시는 우리 엄마지만요.

✱ 참고 자료 : 동아일보

금이 간 자리가 있어야 생명이 자라납니다

떴다!
유포리 철가방

처음 낯선 유포리 수림대에 들어왔던 날이 눈에 선하다.

논농사를 짓다 물이 너무 많이 나와 버려둔 터를 골라, 그곳에 집을 짓고 난 뒤 다음에 한 일은 마을 사람들과 경계를 허물고 하나가 되어 그들 틈으로 스미는 것이었다. 내 돈으로 산 터이지만 나는 어디까지나 이방인에 불과했다. 마을의 주인은 오래전부터 이곳에 살아온 주민들이다.

외지인이 마을 사람들과 하나가 되려면 우선 그들과 눈높이를 맞춰야 한다. 목사라는 직함도, 방송 기자였다는 과거도, 나아가 무료로 전국 방방곡곡에 도서관을 만들어 왔다는 그 화려한 수식어도 필요 없다. 돈이 많고 적음도 이곳에선 통하지 않는다. 마을에 정착한 이상 한 사람의 자연인으로 평범한 마을 사람이 되어야 한다.

마을에 터를 잡은 직후, 빨리 친구를 만들고 싶은 욕심에 틈나는 대로 골목을 오르내리며 사람들에게 말을 붙였다. 하지만 갓 들어온 외지인이라 그런지 경계하는 빛이 역력했다. 어떻게 하면 마을 사람들에게 다가갈 수 있을까. 내 진심을 전할 수 있을까. 교회 세우려고 산골짜기에 정착한 것도 아닌데. 예수 믿으라는 소리 하려는 것도 아닌데.

고민 끝에 생각해 낸 게 음식점 철가방이었다. 목욕탕에 가서 옷을 훌훌 벗어던지면 신분의 벽이 사라진다. 음식도 마찬가지다. 따스한 들녘에 엉덩이 깔고 앉아 흙 묻은 손으로 음식을 나누어 먹으면 마음의 벽은 금방 느슨해진다. 막걸리에 취해 시끌벅적 노래라도 부르고 나면 어느새 형님 아우가 되는 게 시골 정서였다.

「어르신들, 뭐 하십니까?」

「뭐 하긴, 보면 모르나? 고추 따지.」

나는 철가방 가득 동동주와 막국수, 순대를 욱여넣고 밭고랑으로 향했다. 밭을 매던 사람들은 의아한 눈으로 나를 곁눈질했다. 외지인이 들어와 터를 닦고 집을 지었으니 으레 인사를 하겠거니 생각했지만 철가방을 들고 나타나리라고는 생각지 못한 얼굴이었다.

「우리 배달 안 시켰는데.」

밭 주인이 철가방과 나를 번갈아 보며 물었다.

「꼭 배달을 시켜야 음식을 가지고 옵니까? 오늘 제가 여러 어르신

들과 함께 음식을 나누어 먹고 싶어 부리나케 장평에 나갔다 오는
길입니다.」

사람들은 주저하며 선뜻 나서지 않았다.

「그래도 그렇지. 해준 것도 없는데…….」

「꼭 뭘 해줘야 음식을 나누어 먹습니까? 자자, 그러지들 마시고 이
리 오십시오. 모처럼 가지고 온 것 다 상하겠습니다.」

나는 밭고랑에 신문지를 펴고 사람들을 불러 모았다.

「신고식 하러 오셨대요?」

할머니 한 분이 마지못해 한마디 한다.

「그렇습니다. 우선 드시고 말씀하시지요.」

「신고식 하러 왔으면 노래를 불러야지.」

사람들이 반응을 보이자 나는 신이 나서 노래를 불렀다.

「비가 오면 생각나는 그 사람 언제나 말이 없던 그 사람 사랑의 괴
로움을 몰래 감추고 떠난 사람 못 잊어서 울던 그 사람 그 어느 날
차 안에서 내게 물었지 세상에서 제일 슬픈 게 뭐냐고 사랑보다
더 슬픈 건 정이라며…….」

「에이구, 청승맞게 그게 뭐람. 좀 신나는 것 좀 불러 봐.」

밭 주인이 싫지 않은 듯 지청구한다. 나는 더욱더 신이 났다. 목사
지만 찬송가만큼이나 많이 아는 게 뽕짝이기 때문이다. 자동차를 타
고 달릴 때에도, 화장실에 앉아서도, 산책을 할 때도, 나는 틈만 나
면 뽕짝을 흥얼거린다. 노래를 부르면 시름이 사라지고 정신도 맑아

진다. 새로운 에너지가 충전되는 것이다.

「앙코르입니까? 좋지요. 이건 어떻습니까? 어헛헛, 코스모스 피어 있는 정든 고향역 이뿐이 곱뿐이 모두 나와 반겨 주겠지 달려라 고향 열차 설레는 가슴 안고 눈 감아도 떠오르는 그리운 나의 고향역……」

「얼씨구, 잘한다. 근데 목사님이라면서 찬송가는 안 부르고 어째 그리 뽕짝을 잘한대요?」

「허허, 뽕짝이 찬송가고 찬송가가 뽕짝이지 않습니까?」

「에이, 그런 게 어디 있대요?」

할머니 한 분이 입을 삐죽거린다.

「여기 있지요. 헛헛.」

나는 이때다 싶어 재빨리 동동주 한 사발씩을 돌렸다. 뽕짝이면 어떻고 찬송가면 어떤가. 중요한 건 서로 간 마음의 문을 여는 것인데. 신은 교회 안에만 계시는 것이 아니라 자연 속에도 머문다. 바위에도 있고, 구름에도, 날아가는 잠자리 날개에도 신은 있다. 꿈틀거리는 지렁이엔들, 밭고랑 흙 속엔들 신이 없을까. 마음의 문이 열리면 그때 찬송가도 들어오고 신의 목소리도 들어온다. 믿음은 강요하는 게 아니다. 스스로 '느끼게' 해야 한다.

몇 차례 철가방을 들고 돌아다니자 마을 사람들과 나는 자연스럽게 하나가 됐다. 하나가 될 때 잘나고 못남의 경계는 사라진다. 척박한 땅에서 빚을 안고 농사를 지어 겨우 겨우 살아가는 사람도, 펜션 사업을 하거나 특용 작물을 재배하여 목돈을 만진 사람도, 이곳에선 하나의 개인이 아닌 '유포리' 사람일 뿐이다. 세월이 흐르며 무수히 많은 사람들이 유포리를 들고 났지만 유포리가 여전히 그 자리를 지키는 이유이다.

목사 신분이지만 나는 지금도 주민들에게 예수 믿으라고 하지 않는다. 하나님 얘기도 꺼내지 않는다. 대신 책을 읽자고 말한다. 책을 읽어야, 지식을 얻어야, 조상 대대로 고착화된 삶의 방식에서 벗어나 수익을 창출하고 찌든 가난에서 벗어날 수도 있기 때문이다. 예수 대신 책을 권하는 목사, 그게 신기했던지 마을 사람들은 차츰 공동체의 일원으로 나를 받아들이기 시작했다.

이제 나도 어엿한 유포리 산골 촌놈이 된 셈이다.

산촌 수림대 마을

어느 날 스승이 제자들에게 물었다.

「누가 하늘나라의 위치를 아느냐?」

제자 하나가 대답했다.

「당연히 하늘에 있지 않을까요?」

스승이 웃으며 대답했다.

「그렇다면 새들은 하늘나라를 왔다 갔다 하겠군.」

이번에는 다른 제자가 대답했다.

「바닷속에 있지 않을까요?」

「그렇다면 물고기들이 너희들보다 먼저 하늘나라에 닿았을 것이다. 다시 묻겠다. 도대체 하늘나라는 어디 있느냐?」

아무도 대답을 못하자 스승이 말했다.

「하늘나라는 하늘에도, 바닷속에도 있지 않다. 지혜의 눈을 뜨고 바라보면 하늘나라는 안과 밖, 어디에도 가득하다. 인간의 마음이 닫혀 있을 때 하늘나라는 어디에도 없다.」

내 만년의 둥지가 된 이곳은 강원도 청태산 끝자락, 물이 맑고 숲이 울창해 수림대水林臺 마을로 더 잘 알려진 평창군 봉평면 유포3리이다. 유포리는 20여 년 전까지만 해도 80여 가구가 산비탈을 따라 옹기종기 모여 살던, 산촌치고는 제법 큰 마을이었다. 그러나 길이 닦이고 외지와 연결되면서 한 집, 두 집 마을을 빠져나가고 지금은 스무 가구가 띄엄띄엄 옛날의 흔적을 간직한 채 살아가고 있다.

다행히 2, 3년 전 주민 공동으로 운영되는 민박형 펜션이 골짜기에 들어서면서 외지인들의 왕래가 부쩍 잦아졌다. 또한 나처럼 외지에서 산촌으로 정착해 들어오는 사람도 해마다 한두 집씩 생겨나 지속적이던 인구 감소도 줄어들었다. 아직 주민을 다 합쳐 봤자 80여 명밖에 안 되지만 청년으로 대접받는 30, 40대가 10여 명이나 되고, 그중 6명은 가정을 이뤄 10여 명의 자녀들을 두었으니 산골이라 해도 그 미래가 어둡지만은 않다.

본래 화전민 마을이었던 유포리엔 아직도 그 흔적이 남아 있다. 불로 생채기를 내 일군 밭들은 금당 계곡 큰 개울까지 2킬로미터 가까이 이어져 오랜 세월 산촌 사람들의 주린 배를 채우는 터전이 돼주었고 밭농사는 아직도 이곳의 주된 수입원이다. 논농사를 작파한

몇 해 전부터는 양배추와 무, 고추 등 채소류를 재배하기 시작했고 관광 사업을 활성화해 수익을 증대시키는 등 오래전부터 대물림된 가난에 종지부를 찍어 나가고 있다.

작년부터는 몇 년 안에 완전한 친환경 농업을 정착시킨다는 목표 아래 '친환경 농업 작목반'이 구성되어 활동에 들어갔다. 반장은 전임 이장 김수봉씨가 맡아 본격적인 밑그림을 그려 나가고 있다. 그래서 김수봉씨는 경남 하동으로 내려가 '친환경 농업을 위한 토착 미생물 배양에 관한 교육'을 참관하고 돌아오기도 했다.

친환경 농업으로 재배될 작물은 고추와 콩을 비롯해 조, 옥수수, 수수, 감자, 표고버섯 등이다. 농사에 그치지 않고 지자체와 협력해 체험 관광 상품을 곁들여 소득 증대를 꾀할 꿈에 부풀어 있다. 이는 마을이 오랜 가난을 떨치고 부촌으로 거듭날 수 있는 새로운 도약의 기회이기도 하다. 친환경 농사를 자원한 농가에는 그동안 동네 공동 소 사육장에서 발효시켜 왔던 유기질 퇴비가 100평당 한 트럭씩 무상으로 지원되었다. 생산된 농산물은 서울 강남 주민들과의 직거래와 자매결연을 통해 소비한다는 계획도 세워 놓았다.

하루 이틀 시간이 지날수록 이곳에 정착하길 참으로 잘했다는 생각이 든다. 도서관 건립을 위해 바삐 전국을 돌아다니다가도 집으로 돌아오면 시간이 멈춘 듯 고즈넉한 기분에 휩싸인다.

그동안 나는 정신없이 앞만 보고 달려왔다. 방송국 기자가 된 뒤에는 특종을 찾아 뛰어다녔고, '작은 도서관 만들기 운동'에 뛰어든 뒤에도 모든 정열을 일에만 쏟아 부었다. 전국 각지에 도서관은 하나 둘 늘어났고 기증한 책만도 수십만 권을 헤아리지만 나는 여전히 숫자의 감옥에 갇혀 앞만 보고 뛰었다. 도시 생활을 버리고 강원도 산촌으로 찾아든 이유는 이렇듯 바삐 돌아가는 삶에 브레이크를 걸고 지친 영혼을 쉬면서 몸도 마음도 깨끗하게 인생의 마무리를 할 량이었다.

처음부터 딱히 강원도를 염두에 두었던 것은 아니다. 그냥 어디든 공기 좋고 물 좋은 곳을 원했다. 그러다가 평소 연락이 닿았던 한 지인에게서 산골 개울가에 땅이 하나 나왔다는 소식이 왔다. 직접 와 보니 집을 지을 수 없는 땅이었다. 논으로 지어 먹다가 버려둔 개울가 잡초투성이 땅이었다. 땅 한쪽엔 물이 차서 질펀했고 경사가 기울어 평평하지도 않았다. 그러나 인연이 되려고 그랬는지 터를 보자마자 내 땅이라는 생각이 들었다. 나는 바로 땅을 구입해서 차로 흙을 실어다 고르고 터를 만들었다. 몇 달 뒤 목조 주택을 짓자 그럭저럭 살 만한 터전이 완성되었다.

집을 지은 뒤 마당 끝에 배와 자두, 살구나무를 심었다. 마당 끝이 수림천이고, 수림천이 곧 내 마당이 되었다. 주민등록지를 옮기자 평창군에서 비닐하우스 한 동을 지어 주는 귀농 주민으로서 혜택도 누렸다. 비닐하우스에는 해마다 고추 농사를 짓고 있다. 농사는 마을 사람들 도움을 많이 받았다. 첫해에만 고추 농사로 2백만 원 남짓한 돈을 벌었으니 제법 농사를 짓긴 지은 셈이다. "농사 초짜가 일

냈네"라는 야유인지 칭찬인지 모를 입질도 당했다. 밭을 빌려 감자도 심고 옥수수도 심으며 농사꾼 흉내를 내었다. 배추도 심고 심은 배추로 김치도 담갔다. 가뭄이 들면 개울물을 길어 물을 주고 풀이 나면 풀을 뽑았다. 그렇게 조금씩 나는 바쁜 도시를 벗어나 산촌 생활에 적응하는 중이다.

사람들은 이따금씩 내게 묻는다.
「목사님, 천국은 어디에 있습니까?」
나는 껄껄 웃으며 대답한다.
「천국이요? 바로 옆에 있지 않습니까?」

신주神主가 된 지팡이

유포리 개울가에 둥지를 튼 지도 어느덧 5년째 접어들었다. 그동안 나는 수많은 친구를 얻었다. 아침에 눈을 뜨면 울창한 수목을 뚫고 이마로 쏟아져 들어오는 햇살과 귀를 간질이는 바람, 새 우는 소리, 옥수수 밭을 가로질러 가는 잠자리, 풀 뜯는 소들의 심드렁한 몸짓, 지붕 끝에 걸린 구름……. 이 모든 게 나의 친구가 되었다.

과연 낯선 시골에서 잘살 수 있을까.

처음 우려와는 달리 옹기에 담아 놓은 장맛처럼 시간이 흐를수록 삶은 한껏 곰삭는다. 도회지에서처럼 신호에 쫓기지도, 주차 걱정에 마음을 졸이지도, 도둑이 들까 봐 걱정할 일도 없다. 물소리 바람 소리를 벗 삼아 살다 보니 수십 년 마음에 낀 얼룩까지 시원하게 씻겨 나간다. 맑아진 정신 속으로 이제야 한 겹, 한 겹, 인생의 의미가 날

실과 씨실로 맞춰지는 느낌이다.

산촌에서 자연과 인간은 둘이 아닌 하나다. 사람들은 자연에 순응하며 음유 시인처럼 땅을 일구고 가축을 기르며 산다. 자식들이 모두 외지로 나가도 노인들은 골짜기마다 여기저기 뿌리내린 채 조상 대대로 지켜 온 터전을 떠나지 않는다. 부인과 단둘이 농사를 짓고 사는, 여든이 가까워진 남씨 노인도 그중 한 사람이다.

남씨 노인은 노환으로 거동이 불편해 지팡이 없이는 걷기가 힘들다. 그래도 그는 동네에서 가장 부지런한 축에 속한다. 닭이 울기도 전에 이슬에 젖은 땅을 지팡이로 두드리며 산골의 아침을 연다. 비가 오거나 눈이 와도 남씨 노인은 시계추처럼 늘 같은 시간이면 골목에 모습을 드러낸다.

터를 잡기 위해 동네를 들락거릴 때부터 나는 남씨 노인을 보았다. 남씨 노인이 단박에 내 눈길을 사로잡은 것은 그가 든 특이한 지팡이 때문이다. 그가 든 지팡이는 일반 어르신들의 지팡이와 달랐다. 남씨 노인은 늘 자기 키보다 훨씬 긴 장대 같은 것을 짚고 다녔다. 장터에서 몇천 원만 주면 살 수 있는 날렵한 지팡이를 두고 왜 저렇게 우스꽝스러운 작대기를 짚고 다니는지 볼 때마다 의아했다.

남씨 노인은 아무렇게나 잘라 만든 그 막대기를 짚고 한 걸음, 한 걸음, 오체투지 하듯 옥수수밭 한 뙈기 갓길을 10분도 넘게 천천히 걸어갔다. 이마에 땀이 맺혀도, 햇살이 따갑게 눈을 찔러도 남씨 노인의 장대 지팡이 행진은 계속됐다. 아아, 늙어 간다는 것은 무엇인가. 나는 종종 걸음을 멈추고 남씨 노인을 보았다. 언제 보아도 아프고 안쓰러웠다.

어느 날, 나는 서울 나들이 길에 여주휴게소에 들러 제대로 된 지팡이 한 개를 샀다. 손잡이는 ㄱ자로 둥글게 말려 잡기 좋았고 길이도 남씨 노인의 키와 비례해 적당했다. 돌아오는 길에 나는 콧노래를 흥얼거렸다. 남씨 노인이 장대 같은 나무 작대기를 버리고 내가 사준 지팡이를 짚으리라 생각하니 마음이 가벼웠다.

남씨 노인의 집은 우리 집과 가까웠다. 마을을 관통하는 중심 도로에서 왼쪽으로 꺾으면 오른쪽 귀퉁이, 밤나무 몇 그루가 듬성듬성 놓인 곳이 남씨 노인의 집이고, 개울 근처까지 계속 내려오면 내가 사는 집이다. 비록 낡은 슬레이트집이지만 그곳에서 남씨 부부는 여섯 남매를 키워 출가시켰다. 사는 게 넉넉하지는 않아도 늘 웃음을 잃지 않고 살아가는 부부다. 일흔을 훌쩍 넘긴 할머니는 지금도 열 마지기의 밭을 일구고 이장 수봉씨네 밭에서 품앗이 일을 도맡아 한다.

한번은 그들의 낡고 허름한 집을 수리해 줄까도 생각했다. 하지만 나는 이내 마음을 고쳐먹었다. 이재에 밝은 도회지 사람들이야 두 눈 딱 감고 도와달라고 손을 내밀지만 산촌 사람들은 팔자 소관대로 사는 것에 더 익숙하다. 자연을 닮아서일까? 누가 나서서 갑자기 삶을 바꾸거나 간섭하는 것을 무척이나 싫어한다. 생긴 그대로 사는 게 가장 좋다는, 자연의 이치와 섭리에 따라 사는 것이 가장 행복한 삶이라 여기는 것이다.

그래서 비록 지팡이 하나지만 조심스러웠다.

「막대길랑 두시고 이 지팡이를 짚으세요.」

마당에 선 남씨 노인에게 지팡이를 내밀었다. 남씨 노인은 고맙다며 반갑게 지팡이를 받았다. 남씨 노인이 새 지팡이를 짚고 동네를 돌아다닐 생각을 하니 돌아오는 길엔 슬며시 웃음이 나왔다. 산다는 게 별것이랴. 이런 게 사는 맛이지. 큰 선물은 아니지만 나는 내가 사다 준 지팡이가 남씨 노인의 손발이 돼주기를 바랐다.

이튿날 아침 6시. 나는 서둘러 신발을 꿰어 신고 밖으로 나섰다. 그 시간이면 어김없이 지팡이를 짚고 집을 나설 남씨 노인을 보기 위해서였다. 이윽고 아침 안개 속으로 남씨 노인이 모습을 드러냈다. 그러나 어찌된 영문인지 남씨 노인은 여전히 무거운 나무 막대기를 짚고 있었다.

「영감님, 영감님.」

나는 신작로 쪽으로 걸어가는 남씨 노인을 급히 불렀다.

「어제 사드린 지팡이는 어쩌시고 이 무거운 걸 짚으세요?」

남씨 노인은 히죽 웃으며 별말을 하지 않았다. 나를 바라보는 눈망울 속에 얼핏 미안함 같은 것이 스쳐 지나갔다. 나는 더 물어볼 수도 없어 멍하니 남씨 노인의 뒷모습만 지켜보았다. 남씨 노인은 내게 어려운 숙제 하나를 던져둔 채 그렇게 멀어졌다.

혹시나 해서 다음 날 나는 또다시 남씨 노인을 살폈다. 남씨 노인은 여전히 내가 준 지팡이를 지니고 다니지 않았다. 다음 날도, 그다음 날도, 한 달이 지나도 여전히 남씨 노인은 나무를 잘라 만든 무거운 막대기를 고집했다. 나는 마침 이장댁에 품앗이 일을 나온 할머니를 만나 이유를 물었다.

「새 지팡이를 두고 어째 매일 무거운 걸 들고 다니신답니까?」

그러자 할머니는 뜻밖의 이야기를 들려주었다.

「영감이요, 목사님이 사주신 지팡이라고 일부러 안 짚고 다니는 거예요. 장롱 옆에 신주 모시듯 모셔 놓고 매일 헝겊으로 닦기만 하지 뭐예요.」

「아니, 그게 정말이에요?」

「정말이다마다요.」

웃음이 나오면서도 가슴이 울컥했다.

가슴 깊숙한 곳으로부터 연민 같은, 아린 마음이 솟구쳤다.

'지팡이를 한 개 더 사드려야겠다. 하나는 모셔 두고, 하나는 짚고 다니면 되겠구나. 그러면 지금 사용하는 그 막대기는 버리시겠지.'

그래서 그후 서울 나갔다 오는 길에 이번에는 지난번 것보다 더 좋은 지팡이를 사다 드렸다.

'이제는 새 지팡이를 쓰시겠지.'

다음 날 새벽 나는 다시 남씨 노인을 기다렸다. 그런데 이번에도 내 기대는 여지없이 무너졌다. 남씨 노인은 아무 일 없는 듯 또 무거운 막대기를 짚고 나왔다. 나는 쓴웃음을 지으며 마냥 남씨 노인의 뒷모습을 지켜보았다. 이제 이유를 물어볼 필요가 없어졌다. 그것이 이곳 사람들의 삶이고 생활 방식이기 때문에……

오늘도 어김없이 남씨 노인은 막대기를 짚고 자갈길을 걸어온다. 한 걸음 걷고 한 걸음 쉬면서 천천히 마을을 둘러본다. 이따금씩 그의 눈은 부인 혼자 농사를 짓고 있는, 평생 가꾸어 온 서 마지기 비탈밭으로 향한다. 나는 그의 눈빛에서 내가 선물한 지팡이를 끝내 짚지 않는 진짜 속내를 알 수 있을 것 같았다. 그는 하루빨리 몸이 전처럼 좋아져 저 비탈밭으로 나가고 싶은 것이다. 그래서 일부러 지팡이를 짚지 않는지도 모른다.

「영감님, 오늘은 어떠세요?」

큰 소리로 물어보면.

「늘 그렇지 뭐.」

편안한 대답이 돌아온다.

「나는 이 세상에서 영감님이 제일 좋아요.」

「허허, 나도 김 목사가 제일 좋아.」

때때로 말문이 열리면 남씨 노인과 나는 많은 이야길 나눈다. 그는 아직도 기억력이 좋아 내가 궁금해하는 산촌의 내력이며 화전민의 후예로 살아온 지난날을 하나씩 들려준다. 때로는 고급 정보를 귀띔해 주기도 한다. 산삼이 난다는 앞산 범바위골이 어디인지, 송이버섯밭이 뒷산 솔무덤 근처 어디에 있다는 말도 아끼지 않는다. 자기 이외에는 아무도 모르는 비밀스런 장소를 내게는 잘도 알려 주는 것이다.

「시원한 맥주 한잔 드릴까요?」

「그거 좋지.」

오늘따라 하늘이 참 맑고 투명하다.

하루빨리 어르신이 몸을 회복하여 함께 봉평장에 나갈 수 있으면 좋겠다.

봄맞이
장 담그는 날

우수가 지나자 금당산 골짜기에도 봄이 찾아온다. 봄기운이 얼음을 밀어내는 사이 산촌의 흙들은 가려움에 몸을 뒤챈다. 연일 냉기를 말아 올리며 가슴을 시리게 했던 골바람도 한풀 기세가 꺾여 슬그머니 꼬리를 감추고, 나무들도 움츠렸던 어깨를 펴며 봄맞이에 나선다. 수림천 물소리는 버들강아지를 깨우며 하류로 뜀박질을 시작하고, 두텁게 쌓인 낙엽 속에는 새싹들이 마지막 한기를 떨쳐 내며 밖으로 나설 준비에 여념이 없다.

덩달아 농부들의 발걸음도 분주해진다. 수봉씨는 아침 일찍부터 일어나, 큰맘 먹고 시작한 표고버섯 농사를 위해 트럭 가득 참나무를 실어 나르며 한 해 농사의 시작을 알린다. 남편이 바깥일로 바쁜 사이 집안에서는 성준 엄마가 예지 엄마, 남씨네 할머니, 재복씨 모친과 함께 뜸이 잔뜩 든 메주로 장 담글 준비에 여념이 없다. 겨우내 얼굴이 고와지고 체중까지 불었다는 성준 엄마의 긴 휴가도 이제 끝난 셈이다.

「좀 도와드릴까요?」

내가 물어보자 성준 엄마가 냅따 소리를 지른다.

「됐으니까 노래나 한 곡 불러 봐요.」

동네 아줌마들이 일제히 깔깔거린다.

「부르라면 못 부르나, 이일송정 푸른 솔은 늙어 늙어 갔지만.」

「장맛 안 들게 〈선구자〉는 무슨 〈선구자〉요, 평소에 하던 대로 하지.」

「허허, 그럴까요. 꽃피이이는 동백써어엄에 봄이 왔거엇만.」

「옳거니. 올해도 장 농사는 풍년일세.」

짧은 해가 산골에 머무는 동안, 동네 아낙들의 두 손이 바삐 메주 위를 오간다. 메주를 양쪽에서 눌러 으깬 뒤 빨래를 하듯 골고루 섞어 가며 치댄다. 손을 움직일 때마다 누렇게 뜬 황금색 메주들이 손가락 사이로 미꾸라지처럼 요리조리 피해 달아난다. 아낙들은 집요하게 메주를 잡고 늘어지며 제법 단단하던 덩어리들을 질편하니 풀어 놓는다.

장을 잘 담그려면 먼저 좋은 콩을 골라야 한다. 그다음 콩을 뜨거운 장작불에 삶아 메주를 쑤고, 곰팡이가 생기도록 구들장에 잘 띄웠다가 짚으로 엮어 말린다. 메주가 알맞게 뜨면 찬물에 씻어 물기를 닦고 햇빛에 말린 뒤, 볏짚을 태워 항아리를 소독하고, 안에 메주를 넣어 미리 준비한 소금물을 부어 두어 달 숙성시킨다. 메주가 알맞게 익으면 한꺼번에 꺼내어 잘게 으깨는 작업이 바로 장 담그는 일이다.

메주를 품었던 소금물은 콩의 풍부한 영양소를 빨아들여 특별한 향취를 갖춘 간장이 되고, 소금물에 담갔던 메주는 꺼내 으깨진 뒤 된장이 된다. 불순물을 걸러 낸 소금물을 가마솥에 넣어 펄펄 끓이면 간장으로 거듭난다. 채로 걸러 한 바가지씩 퍼 담으니 소금물은 뜨거운 무쇠 솥에 닿자마자 부글부글 끓어오르며 한바탕 성질머리를 부린다. 간장 특유의 짠내가 시위하듯 코끝을 간질이다가 바람에 섞인다.

「근데 무슨 장을 이렇게 많이 담궈? 이러다가 남겠네.」

남씨네 할머니가 알면서도 모르는 척 물어본다. 여름이면 펜션에 손님이 바글바글하니 한편으론 부러운 모양이었다.

「장이 남는다고 썩나요? 남을수록 좋은 게 장이지.」

유난히 손님을 많이 치르는 성준 엄마는 농박, 즉 농촌 체험을 위해 찾아올 도회지 손님들을 위해 예년보다 훨씬 많은 한 가마니 콩을 장 담그기에 썼다면서, 인심이 넘치는 환한 웃음으로 열 개도 넘는 장독들을 정성스레 닦는다.

「그럼, 장은 묵혀야지. 예전에는 2년도 좋고 3년도 좋고 한번 담그면 오래 두고 먹었는데.」

재복씨 모친이 한마디 거들고 나선다.

성준네를 시작으로 내일은 예지네가 장을 담근다. 해마다 장 담그기는 이웃끼리 품앗이로 이뤄져 동네 집집이 모두 장을 담그는데 보통 보름 정도가 걸린다. 이러한 품앗이는 산촌만이 간직한 소중한 연례행사로, 보기만 해도 절로 훈훈한 인심이 느껴진다.

해가 주춤거리며 금당 계곡을 돌아가는 동안 비워 두었던 항아리에 새로 치댄 된장들이 차곡차곡 쌓인다. 장들은 잘 구워진 토기 속에서 여름 한철 알맞게 숙성되어 산촌을 찾는 도회 사람들의 식탁에 오르게 될 것이다. 해가 저물자 비로소 길게 허리를 편 성준 엄마가 매년 하던 덕담으로 장 담그는 작업이 끝났음을 선언한다.

「이제 사람 일은 끝났네. 나머진 바람과 항아리 몫이야.」

이튿날, 수림대 사람들은 한 집도 빠짐없이 마을 청소에 나섰다.

겨우내 해묵은 쓰레기를 태우고, 때맞춰 방문한 고철 수집상에게 필요 없어진 물건들을 넘긴다. 짧게는 몇 년에서 많게는 십수 년 동안 동네 주민들의 눈과 귀가 돼주었던 TV며 라디오 같은 물건들이 하나 둘씩 불려 나오고 못 쓰게 된 구형 냉장고며 가구도 고철상 트럭에 실린다. 뭐니 뭐니 해도 고철상 주인에게 가장 인기 좋은 물건은 쇠붙이들이다. 오래돼 못 쓰게 된 삽이며 쟁기, 고장 난 경운기 부품, 바퀴 빠진 리어카 같은 물건들도 모두 고물상 트럭에 실려 제 주인과 이별을 고한다.

오후에는 집집마다 겨우내 묵혔던 농기구를 손보느라 바쁘다. 시운전에 나선 트랙터와 경운기 엔진 소리가 산골 가득 울려 퍼지면 먼 데 산에서 뻐꾸기가 화답이라도 하듯 뻐꾹뻐꾹 울어 댄다. 통학버스는 집집마다 아이들을 내려놓고 힘겹게 산길을 털털거리며 사라지고, 학교에서 돌아온 아이들은 그대로 집에 들어가기가 아쉬웠는지 바지를 걷고 수림천으로 내려가 바위틈을 들추며 버들치와 메기를 찾는다.

저녁이 되자 기운 해를 머리에 이고, 먼지를 뒤집어쓴 일단의 동네 부녀자들이 지나간다. 남씨네 할머니, 세철씨네 아주머니, 재복씨네 모친, 김씨네 막내딸이 냉이를 바구니 가득 캐서 돌아오는 길이다. 대화장에서 근당 6, 7천 원씩을 받는다는 짭짤한 냉이 캐기 수입에 먼지쯤이야 아랑곳 않는 산촌 사람들의 순박함이 더욱 정겨울 뿐이다.

더덕을 캐러 산에 올랐던 수봉씨는 토끼들이 묵은 더덕 넝쿨을 흩트려 놓아 더덕을 못 캤다며 약이 올라 투덜거리며 내려왔다. 성준 엄마는 묵은 고추 대를 뽑느라 손에 물집이 잡혔다며 농사일을 처음 해본 사람처럼 엄살을 부렸다. 겨우내 긴 휴식에 농사일을 아예 잊어버렸나 싶어 실소를 금치 못하다가도 이내 가슴 한쪽이 짠해진다.

긴 겨울이 지나도 어김없이 봄이 찾아오는 자연의 이치, 그 숭고한 시간 앞에서 나는 걸음을 멈추고 잠시 기도를 올려 본다.

'다가오는 봄, 사람들의 가슴에는 소망이 충만하게 하시고, 산천에는 생명이 넘치듯 솟아 우리 모두 감사와 기쁨의 찬가를 부르게 하소서.'

산나물아 꼭꼭 숨어라

산과 계곡을 꽉 메운 무성한 나무숲이 비바람에 몸을 뒤챈다. 한 달 가까이 가물었던 산골에 어제저녁부터 비가 내리고 있다. 늦봄 들녘은 생기로 가득하다. 흙들은 한껏 고슬고슬해지고 물기 가득한 흙을 뚫고 새싹들이 기지개를 켠다.

잿빛으로 타들어 가던 산촌이 푸른 물결로 넘실거린다. 덩달아 마을 사람들도 신이 났다. 농작물을 돌보느라 아침 일찍부터 작은 산골이 시끌시끌하다. 고추 모종을 내기도 하고 말라 비틀어졌던 고구마 싹을 돌보면서 사람들은 콧노래를 부르기 바쁘다.

점심을 먹고 나니 비가 가늘어진다.

나는 미리 준비해 둔 막걸리를 꺼내 들고 이웃한 수봉씨네로 향한다. 수봉씨네 마당에는 기철씨 내외와 진철씨 어머니, 나연네 할머니 등이 산행 복장을 한 채 모여 있다가 나를 반긴다. 우리는 각자 준비해 온 음식을 들고 수봉씨네 4륜 구동 무쏘에 올라 마을 뒤쪽, 깊은 계곡으로 향한다. 산나물 뜯고 천렵을 하기로 어제저녁 미리 말을 맞추어 둔 때문이다.

차가 더는 오를 수 없는 개울가에 여장을 풀고 각자 산나물을 찾아 나섰다. 나는 비닐 주머니를 들고 아주머니 한 분과 경사진 언덕을 올라갔다. 작년에 고사리와 곰취를 많이 뜯었던 곳이라 내심 기대했지만 나물은 보이지 않는다. 좀더 깊은 계곡으로 올라가 한 시간 가까이 살폈지만 약간의 곰취와 더덕 두 뿌리를 캔 게 전부다.

한참이 지난 후 모이고 보니 다른 이들의 사정도 마찬가지다.

「나물을 뜯어야지 뿌리째 뽑아 가니…….」

나연네 할머니가 혼잣말을 하며 혀를 찬다.

「자자, 나물 씨가 어디 가겠습니까. 기분들 풀고 한잔합시다.」

나는 침울해진 사람들을 달랠 겸 막걸리를 꺼내 한 잔씩 돌렸다.

술이 한 순배씩 돌자 푸념이 이어진다. 문제는 외지에서 들어오는 관광객들이다. 마을이 무공해 청정 지역으로 소문이 나서인지 나물철이면 관광버스를 타고 도시에서 사람들이 몰려왔다. 산나물이란 본래 넓은 잎만 취하고 어린 싹은 남겨야 하는 법인데 그러한 사실을 잘 모르는 관광객들이 뿌리째 나물을 뽑아 갔고 결국 나물의 씨가 마른 것이다.

산촌 사람들은 자연의 법칙을 어기지 않고 공존하며 해마다 그 혜택을 누려 왔다. 자연과 더불어 사는 삶을 터득한 때문이다. 그러나 모처럼 산골로 관광 온 도시인들의 생각은 다른 모양이다. 한번 산으로 들어가면 메뚜기 떼처럼 나물 씨를 말리려고만 든다. 손에 든 봉지가 나물로 넘쳐 나도 다 먹지도 못할 걸 잔뜩 욱여넣기 바쁘다.

인간의 욕심 앞에 자연은 지극히 단순하게 대응한다. 마을 근처에 지천으로 널렸던 산나물은 몇 해 전부터 골짜기 안으로 숨어들기 시작했고, 이제는 산속으로 한참을 들어가야 제대로 나물을 볼 수 있게 되었다. 해마다 봄철이면 산나물을 뜯어 아쉬운 대로 푼돈을 만들어 쓰던 동네 할머니들의 손길도 요즘은 뜸해졌다.

도시 사람들이 부쩍 산촌을 찾는 이유는 토종 먹을거리에 대한 관심 때문일 것이다. 값싼 중국산이 밀려오고 음식물에 들어가는 각종 첨가제에 대한 불안이 확산되면서 무공해 먹을거리에 대한 관심도 매우 높아졌다. 산촌 체험은, 소비자가 직접 나물을 얻을 수 있고 해당 지역에서는 관광 수입을 올릴 수 있어 좋으나 자연이 이토록 훼손되니 마음이 개운치만은 않다.

언제부턴가 건강한 인생을 살자는 이른바 웰빙well-being 바람이 우리 삶의 모습을 급속히 바꾸어 나가고 있다. 정신적으로 풍요로운 삶을 위해 요가와 명상을 하고, 육체적 건강을 위해 인스턴트 음식 대신 허브차와 생식, 유기농 같은 자연식을 즐기며 자연 친화적 생활을 하는 웰빙족들이 급속히 늘어나는 추세다.

하지만 '웰빙'이란 서양식 용어가 새로운 것일 뿐 원래부터 우리 조상들은 삶 자체가 웰빙이었다. 우리 조상들은 예부터 지천에 자라는 산나물, 들나물을 날로 혹은 간장에 버무려 먹거나 독이 있는 산채는 데쳐 우려낸 뒤 먹는 독특한 조리 방법을 터득해 왔다. 자연과 나를 분리하지 않고 자연과 내가 하나 되어 병에 걸리면 자연 속에서 치료약을 찾고 자연과 함께 휴식하는 순응의 삶을 택했던 것이다.

진정한 웰빙이란 인위적으로 자연적인 삶을 모방하는 것이 아니라 이렇듯 자연과 내가 하나 되는 것이 아닐까? 자연을 채취의 대상이 아닌 교감의 대상으로 바라본다면 꼭꼭 숨은 산나물도 조만간 우리 곁으로 돌아오리라 믿는다.

여름,
개울에 앉아 물과 이야기를 나누다

어느 날, 동곽자가 장자에게 물었다.
「도道란 도대체 무엇이며 어디에 있습니까?」
장자가 대답했다.
「어디든 있지. 어디나 있는 것이 바로 도다.」
「구체적으로 말씀해 주십시오.」
「저기 기어가는 개미를 봐라, 저게 도다.」
동곽자가 놀라며 물었다.
「저런 미물 속에 도가 있다고요?」
장자가 웃으며 말했다.
「지붕 위 기왓장에도 있지.」
「저건 무생물이 아닙니까.」

「살아 있고 없고가 중요한가? 똥과 오줌 속에도 있는걸.」

동곽자가 고개를 갸웃거리자 장자가 물었다.

「너는 왜 도를 특별하다 생각하느냐? 만물이 바로 도이거늘.」

며칠째 찌는 듯한 무더위가 계속되는 아침이다. 챙 넓은 밀짚모자를 단단히 눌러쓰고 땀을 뻘뻘 흘리며 마을을 한 바퀴 돌아본다. 부끄럽게도 산촌에서 더위를 느끼는 사람은 나 혼자인 듯싶다. 밭머리마다 일찌감치 집을 나선 주민들이 풀을 뽑거나 농약을 치고 밭을 매는 일로 저마다 분주하다. 고추밭의 고춧잎들도, 옥수수 잎들도, 고구마 줄기도 더위에 아랑곳하지 않고 씽씽하다.

골목을 걸어 내려오니 진홍이 할머니가 점심에 먹을 호박잎을 따고 있다. 칠순을 넘기고도 건강한 진홍이 할머니는 더위에 지친 기색도 없이 호박 넝쿨 사이를 비집고 돌아다닌다. 아침을 먹었는데도 입 안에 군침이 돈다. 호박잎을 밥과 같이 쪄 된장에 찍어 먹으면 그 맛은 정말 일품이다. 호박잎 특유의 향이 씹을수록 입 안에 머문다. 결국 참지 못하고 할머니에게 호박잎 한 움큼을 얻어 내려온다.

마을을 한 바퀴 돌아 수림천으로 향한다. 돌멩이를 들추자 버들치들이 잽싸게 줄행랑을 놓는다. 나는 흐르는 물에 발을 담근다. 유포리에선 하루 종일 물 흐르는 소리를 들을 수 있다. 물결 위로 이름 모를 흰 꽃잎들이 둥둥 떠내려 온다. 저 골짜기를 계속 거슬러 올라가면 옛날 옛적 한 어부가 발견했다는 무릉도원이 있을지도 모른다는 생각이 든다.

꽃잎 하나를 손으로 건져 코에 대고 킁킁 냄새를 맡아 본다. 너도
곧 바다를 볼 수 있겠구나, 혼잣말을 해놓고 실없이 웃었다. 이 작은
꽃잎이 여행을 계속하여 종래에는 바다에 닿겠거니 생각하니 기분
이 묘해진다. 수백 리 떨어진 곳에 있는 바다 물고기들도, 갯벌의
조개와 낙지도 이 꽃향기를 맡게 될까.

「물아, 너는 어디서 왔느냐?」

졸졸졸.

「물아, 너는 이제 어디로 가느냐? 그곳이 어디더냐.」

졸졸졸, 물의 대답은 한결같다.

유포리에 거처를 마련한 뒤부터 나는 종종 마당 앞 개울에 내려와
두 발을 담그고 앉아 있는다. 어떤 날은 몇 시간이 지나도 여전히 같
은 자세를 유지한 채 앉아 있기도 한다. 아침나절에 개울에 나왔다
가 문득 정신을 차리면 점심시간이 돼 있을 때도 있었다. 흐르는 개
울에 두 발 담그고 앉아 나는 내 육신을 씻어 낸다. 물에는 독특한
정화 기능이 있다. 분별없던 젊은 날의 시행착오와 나로 인해 상처
받았던 사람들, 혹은 내게 상처 주었던 사람들을 일일이 떠올리며
그들에게 용서를 구하고 또 용서하기도 한다.

「목사님, 목사님!」

문득 부르는 소리에 고개를 돌린다. 지게를 진 이웃 수봉씨가 멀

리서 손을 흔드는 게 보인다. 나도 마주 손을 흔든다. 가슴이 잔잔해지며 정겨움이 솟는다. 농사일이 어설픈 내게 이것저것 훈수하는 수봉씨는 1년 365일을 하루도 쉬지 않는다. 몸을 움직이지 않으면 근질근질해서 견딜 수 없다고 하니 타고난 농군인 셈이다. 그의 아내 역시 타고난 농군이어서 무슨 일을 하든 호흡이 척척 맞는다. 환상의 복식조다. 김수봉과 김수연, 수봉씨와 나는 이름도 비슷한데다가 큰아들 이름까지도 같다. 대학생인 수봉씨네 큰아들 성준이와 내 첫째 아들 성준이와는 열한 살 차이가 난다. 나이로 치자면 내가 수봉씨보다 인생 선배지만 농사로 치면 수봉씨는 내게 큰 스승이다.

수봉씨 내외의 얼굴과 도회지에서 만난 얼굴들이 겹친다.

시골 사람들과 도시 사람들은 표정부터 다르다. 도시 사람들은 우선 무섭다. 도전적이다. 상대를 경계하는 눈초리에 조금이라도 피해를 주면 가차 없이 시비라도 붙겠다는 태세다. 반면 시골 사람들의 표정은 선하고 부드럽다. 시비 붙을 일도 없고 싸울 일도 드물다. 도시 같으면 상상도 못할 일이지만, 어둡고 한적한 골목에서 만나도 사람이 반갑다. 몇 시간을 서서 얘기해도 즐겁기만 하다. 농사가 되지 않아 인상을 찌푸리긴 해도 사람 때문에 인상을 구기진 않는다. 시골 사람들은 해마다 자연과 생존 경쟁을 벌인다. 도시인들처럼 사람을 밟고 올라가려 버둥거리지도, 살아남기 위해 경쟁하지도 않는다. 인간과 자연의 경쟁은 언제나 자연의 승리로 끝나지만 그렇다고 시골 사람들은 실망하지 않는다. 자연에 순응하며 함께 살아갈 방법을 모색한다.

자신을 들여다보기 위해서는 잠시라도 도시를 떠나야 한다. 아주 이사를 할 수 없다면 한 달에 한 번만이라도 시골을 찾아 자연 속에 자신을 맡겨야 한다. 굳이 흐르는 개울이 아니어도 좋다. 자연 속에 몸을 담고 앉아 있으면 어느 순간 객관화된 자신을 볼 수 있다. 자신을 객관화시켜 바라보면 그동안 보이지 않던 무수한 오류가 표면으로 떠오른다. 공연히 허세를 부리지는 않았는지, 명예에 집착하지는 않았는지, 누군가에게 상처 주는 말을 뱉지는 않았는지, 되돌아보고 반성하게 된다. 이렇듯 자연 속에 있다는 것은 비워 내는 과정이다. 자신의 오류를 정면으로 바라보고 그것들을 바로잡으면 마음이 깨끗이 비워지고, 새롭게 인생을 채울 수 있다.

농사만으로 생활이 빠듯했던 수봉씨네는 요즘 농촌 체험 민박인 농박을 겸하면서 제법 소득을 올리게 됐다. 수봉씨네는 마음이 좋아 손님들에게 단순히 방만 파는 게 아니라 마음도 판다. 잠을 자고 떠나는 손님들에게 고추며 깻잎이며 고구마며 인심 좋게 한 보따리씩 챙겨 주는 모습을 보면 저렇게 하고 뭐가 남을까 싶기도 하다. 그러다가도 마음 하나는 남겠지, 하며 또 혼자 허허 웃어 본다.

잡초를 뽑다가 문득
돌아보다

種豆南山下　草盛豆苗稀

侵晨理荒穢　帶月荷鋤歸

道狹草木長　夕露沾我衣

衣沾不足惜　但使願無違

남산 아래 콩을 심었는데 잡초만 무성하고 콩싹은 드무네

새벽에 일어나 밭을 매고 달빛을 받으며 호미 메고 돌아온다

좁은 길에 초목이 무성하고 저녁 이슬이 내 옷을 적시네

옷 젖는 것이야 아깝지 않으니 다만 농사나 잘되었으면

― 도연명陶淵明의 〈귀원전거歸園田居〉 중에서

「뽑으면 또 날 걸 뭐하러 뽑아! 성가시럽게.」

느닷없이 날아오는 호통 소리. 옥수수 밭에서 풀을 뽑던 나는 화들짝 놀라 일어섰다. 동네 개구쟁이로 통하는 기철이네 할머니가 밭머리에 떡 버티고 서 계시다.

「안 뽑으면 어떻게 해요?」

「원, 제초제나 확 쳐버리지.」

풀과 원수진 사람처럼 신경질적인 말투다. 하지만 땀을 쏟으며 호미질하는 내가 미련스러워 보여 건네는 말임을 잘 알기에 씩 웃고 만다.

젊은이 못지않게 허리가 꼿꼿한 팔순의 기철이 할머니는 이곳 산촌에서 대를 이어 살아온 화전민의 후예다. 자그마치 80년 세월을 큰 병 없이 지내 온, 50대나 다름없는 청춘의 노인이시다. 까마득한 후배인 70대 난숙이 할머니, 재덕씨 어머니와 더불어 산골 동네 상일꾼 삼총사로 불릴 만큼 일손 귀한 산촌에선 귀하신 몸으로 대접받는다.

「그래, 건강은 좀 어떠세요?」

「건강? 그런 걸 왜 걱정하고 살어. 때 되면 죽었지.」

괜한 걱정을 했다가 또 한소리 듣는다.

「시원한 커피나 한잔 하실래요?」

「커피? 그거 좋지.」

냉장고에 넣어 둔 캔커피를 꺼내 오자 할머니는 달게 캔을 비운다.

「옛날엔 산에다 불을 질러 밭농사를 지었어……. 그때 비하면 지금은 참 좋아졌지.」

기철이 할머니는 맞은편 산자락을 바라보며 쓸쓸히 중얼거린다.

「산에 불을 놓으면 위험했을 텐데요.」

「위험했지. 애먼 산도 숱하게 태워 먹었어.」

「고생이 이만저만 아니었겠어요?」

「그럼. 여름엔 정말 밭에 가기가 지겨웠어. 풀인지 곡식인지 알 수가 있어야지. 그땐 참 신세 한탄도 마이 했지.」

기철이 할머니는 잡초라면 이가 갈린다며 머리를 저었다. 풀을 뽑다가 한 생애가 갔다고도 푸념했다. 변변한 농약이 없던 시절, 화전에 목줄을 매고 살아야 했던 산촌 사람들에게 잡초는 단순한 풀의 의미를 넘어서서 해마다 생과 사를 결정하는 훼방꾼이었을 것이다.

「정말 농사는 힘들어.」

할머니 두 눈에 80년 세월이 어린다.

「암, 그렇구말구요.」

맞장구를 치지만 조금 겸연쩍은 게 사실이다. 이제 겨우 서너 해 농사를 지어 놓고 할머니의 80년 세월을 어찌 짐작이나 하겠는가.

나 역시 농사 첫해부터 쓴맛을 톡톡히 봤다. 첫해에 지은 감자 농사는 장마에 다 망쳐 버렸고 다음 해 고구마 농사는 농약을 치지 않아 풀밭을 만들었다. 자연재해야 어쩔 수 없는 일이지만 풀은 뽑으면 될 것 같아 그 이후부터 풀 뽑는 일에 많은 시간을 할애한다.

처음 산골에 정착했을 때 여기저기 나뒹구는 농약병을 보고 크게 놀란 기억이 난다. 무공해 청정 지역으로만 알았던 강원도 산골 마을과 농약병은 도통 어울리지 않는 조합이었다. 그러나 한두 해 농사를 지으면서 손해 보지 않고 농사를 지으려면 어쩔 수 없이 적당한 농약이 필요하다는 걸 알게 되었다. 가장 좋은 방법은 일일이 잡초를 뽑는 것이지만 손이 많이 갈뿐더러 인건비를 감당하기도 힘든 게 이곳의 현실이다.

농약을 치든 치지 않든 산골 사람들은 봄과 여름, 늘 풀과 전쟁을 치른다. 잡초란 놈은 참으로 묘하다. 곡식은 아무리 정성을 쏟아도 쉽게 죽는다. 비가 많이 와도 죽고 가뭄이 들어도 죽고, 반면 잡초는 날씨 영향을 그다지 안 받는 것 같다. 자라는 속도도 곡식과 비교가 되지 않는다. 잠깐 한눈을 파는 사이 옥수수밭이며, 감자밭, 고구마밭을 풀밭으로 만들어 버린다.

한 해 두 해 풀과 전쟁을 치르면서 나는 신을 원망하기도 했다. 도대체 신은 왜 이런 쓸모없는 풀들을 만든 걸까? 한 차례 비라도 뿌리고 지나가면 어김없이 비죽비죽 고개를 내미는 강아지풀, 바랭이, 피, 자귀풀, 주름잎, 석류풀, 두꺼마리, 망초, 반하, 쇠뜨기, 토끼풀, 메꽃, 개기장, 파대가리, 명아주, 까마중, 쇠비름, 여뀌, 환삼덩굴, 황새냉이……, 이름들은 왜 하나같이 이렇게 예쁜 건지.

하지만 요즘은 생각이 많이 달라졌다. 비록 인간의 눈엔 잡초로 보이지만 잡초도 자신의 역할이 있어 이 세상이 나온 게 아닐까 하는 생각 때문이다. 실제로 잡초가 하는 많은 일들이 밝혀지기도 했다. 고추가 탄저병에 잘 걸리는 이유는 장마철에 빗물이 고추 포기에 튀어 오르기 때문이라고 한다. 즉, 고추 포기 주변에 풀이 적당히 있어야 빗물이 튀는 걸 막는 것이다. 또 뜨거운 지열을 막아 주는 구실을 하여 농작물이 잘 자라도록 돕는다고 하니 따지고 보면 완전히 없어져야 할 것은 아무것도 없는 셈이다.

　오늘도 나는 옥수수 밭에 나와 잡초를 뽑는다. 생계형 농사가 아닌, 내가 먹을 농작물을 재배하다 보니 웬만하면 농약을 치지 않고 일일이 손으로 풀을 뽑는다. 혼자 뽑기 벅차면 이웃 할머니들을 모셔다가 함께 뽑기도 한다. 막걸리도 들이켜고 육자배기 가락을 뽑으며 땀을 흘리다 보면 어느덧 금당 계곡 뒤편으로 하루해가 기운다.
　잡초를 뽑을 때마다 내 인생을 되돌아본다.
　'내 삶은 과연 어떠했나?'
　몸은 청산에 있으나 마음은 여전히 현란한 이방의 거리를 헤매고 있는 나를 본다. 부질없음과 허망함을 알면서도 무상의 끝자락을 잡고 허우적거리며 세상의 뒷골목을 떠도는 내 모습이 눈앞에 선명하다. 온갖 잡사雜思와 잡사雜事가 내 마음 밭 깊숙이 뿌리를 내리고 잡초처럼 삐죽삐죽 머리를 내미는 것이다.
　「그렇지! 부질없는 생각과 세상일에 대한 쓸데없는 미련들이 바로
　잡초로구나!」

도道를 터득한 기분이다. 깨달음을 얻자 풀 뽑는 일이 의미 있는 일상으로 바뀌었다. 잡초를 뽑는 행위란 실상 내겐 마음을 솎아 내는 일이다. 뜨겁게 땀을 흘리고 나서 흙 묻은 손을 털며 찬물로 목을 축이면 마음이 한결 가벼워진다. 아직은 다 털어 버리지 못한 세상사의 욕망이, 젊은 날에 대한 회한이, 이제야 가지런히 정돈되고 내 마음 밭엔 평생을 가꾸어 온 새싹들이 움을 내민다.

풀을 뽑듯 살아간다는 것은 결국 비워 가는 과정이 아닐까.

가을,
발자국마다
삶의 의미를 되새기다

단풍이 휩쓸고 간 산등성이가 겨울 맞을 준비를 하며 잿빛으로
넘실거린다. 풍성했던 계절이 지나면 산등성이가 성큼 수림대 안마
당까지 내려와 아침저녁으로 졸졸거리며 말을 건다. 울창한 수풀에
숨어 지내던 이름 모를 새들도 대담하게 날아 들어와 개울과 벗하며
제 얘기를 늘어놓는다.

산길을 걷고 싶은 마음에 등산화 끈을 졸라매고 집을 나선다.

가을이면 지천으로 떨어지는 밤을 줍기 위해 비닐봉지도 챙기고
뱀 쫓을 작대기도 하나 들었다. 새벽녘 그림자처럼 창문 밖을 지키
던 산봉우리들은 아침이 되자 또 다른 모습으로 나를 반긴다. 수림
천에서 피어난 물안개로 아랫도리를 가린 산들은 이마를 햇볕으로
물들인 채 새들의 노랫소릴 듣느라 정신이 없다. 산골짜기 옹달샘을

출발한 계곡 물엔 느릅나무 잎들이 떠다니고 잠에서 깨어난 밭 언저리마다 이슬을 털며 참새가 날아오른다.

밤나무 밑에는 굵은 밤알들이 이슬에 빛나며 누군가 거두어 주길 기다린다. 작은 비닐봉지가 금세 가득 찬다. 밤알 하나를 골라 껍질을 벗겨 내자 고소한 냄새가 코를 자극한다. 단물이 입 안에 퍼지며 기분을 상쾌하게 한다. 자연이 주는 혜택에 새삼 고마움을 느끼며 밤나무를 지나쳐 외솔배기재로 향한다. 해가 떠도 쌀쌀한 기운은 가시지 않는다. 서울에서 느끼는 계절 감각과는 확연한 차이가 있다.

이곳 수림대 마을과 주말마다 예배를 위해 찾는 서울은 날씨와 온도가 많이 다르다. 좁은 땅덩이를 2시간 남짓 동서로 오갈 뿐인데 계절적으로 족히 20일은 차이가 나는 듯하다. 같은 시간인데도 이곳에선 도시와 달리 시간이 느리게 흘러가는 것만 같다. 서울에는 이미 꽃이 다 졌는데도 이곳은 한창 꽃이 피어 있고 같은 나무라 해도 서울은 나뭇잎이 다 말라비틀어졌는데 산촌은 아직도 파릇파릇한 기운을 품고 있다.

느린 계절 변화만큼이나 이곳에선 모든 것이 더디다. 지금처럼 도로가 닦이기 전에는 외부로 나갈 때 세 개의 재를 넘었다고 한다. 둔내장을 보러 갈 때면 선애재를 넘어야 했고 면온장은 직골재를 넘어가는 30리 길이었다. 대화장을 오갈 때는 금당산 연봉의 하나인 외솔배기재를 넘어 다녔는데 어느 곳 하나 만만한 길이 아니어서 한번 장에 가려면 큰맘 먹고 집을 나서야 했다. 요즘처럼 아침에 장에 나갔다가 두어 시간 되면 돌아와 다른 일을 할 수 없었으니 시간을 배 이상 늘려 산 셈이다.

금당 계곡 주변에 터를 잡고 살아가는 사람들이 외부로 출입하던 길목의 하나인 외솔배기재는 소나무 한 그루에서 그 이름이 유래되었다. 외솔배기재를 지키는 외솔은 멀리서 봐도 한눈에 들어올 정도로 잘생겼다. 곧고 반듯하게 올라간 원가지 끝에 길고 짧은 가지들을 수십 가닥 거느렸는데 크기만 조금 작을 뿐 충북 보은에 있는 정이품송과 전체적인 모양이 흡사하게 생겼다. 언제부턴가 외솔을 중심으로 화전민들이 정착하면서 외솔배기마을로 불리기 시작한 것이다.

수림대에서 외솔배기마을에 이르는 동안 나는 느리게 살아가는 삶의 의미를 되새긴다. 혼자 호젓한 산길을 걷는 시간은 온전히 자연을 느끼고 자연과 대화하는 시간이기도 하다. 자연은 새소리로, 물소리로, 끊임없이 내게 재잘거린다. 나 역시도 괴로운 일, 슬픈 일, 울적한 일이 생기면 주저하지 않고 속내를 털어 낸다. 서너 시간 가까이 산행을 계속하다 보면 어느 순간 마음이 뻥 뚫리고 답답한 것들이 자취를 감춘다.

수림대에서는 약 6킬로미터, 대화장까지는 꼭 중간 지점이 되는 외솔배기마을은 구름이 잡힐 듯 지대가 높아 하늘 아래 첫 동네라 여겨질 만큼 신비로운 곳이다. 여기저기 산등성이마다 화전을 일구는 사람들, 양지바른 곳을 골라 비바람을 피할 양으로 엉성하게 지은 몇 채의 집들이 띄엄띄엄 보여 을씨년스러움이 더하는 외솔배기

마을은, 시간을 거슬러 50년쯤 전으로 되돌아온 것 같은 착각마저
든다.

사람이 많을 때는 45가구도 넘었다는 외솔배기마을, 지금은 토박
이 화전민 3가구와 외지에서 들어온 3가구가 합쳐 6가구만이 명맥
을 유지하고 있다. 금당 계곡에서 대화까지 연결되는 도로 공사가
진행되면서 외지인들의 왕래가 눈에 띄게 늘어났고 땅값은 2, 3년
전보다 두 배도 넘게 올라, 산 좋고 물 좋던 외솔배기마을도 이제는
거센 변화의 바람을 눈앞에 두고 있다.

도로가 뚫리자 반가움과 걱정이 앞서는 게 이곳 사람들의 심정인
모양이다. 밭에서 만난, 외솔배기에서 3대를 이어 살아온 김승기씨
는 숙원사업인 도로가 뚫려 마을이 발전하게 되었다는 기대감과 훼
손되는 자연 사이에서 마음이 착잡하다고 털어놓는다. 김승기씨와
나는 밭머리에 앉아 시간 가는 줄 모르고 이런저런 담소를 나눈다.
화전민 후예인 그에게 듣게 된 외솔배기와 관련된 이야기는 무척 흥
미롭다.

키가 20미터, 둘레가 3.1미터에 이르는 외솔의 수령을 마을 사람
들은 500년 정도로 추정한다고 한다. 구전에 의하면 외솔은 임진란
때부터 이곳에 있었다고 한다. 마을 사람들은 좋지 않은 일이 생길
때마다 외솔에 정성을 들였는데 그 효험이 커서 지금껏 마을의 든든
한 보호목이 돼주고 있다는 것이다.

특히 김승기씨는 이제 외솔과 대화를 나누는 사이가 됐다며 자신

의 신비로운 경험담을 들려주었다. 마을에 길흉사가 있을 때마다 김승기씨는 실제로 외솔 꿈을 꾼다며 누군가 나무를 베어 내는 꿈을 꾸면 반드시 동네 어른이 돌아가시고, 나무의 색깔이 변하는 꿈을 꾸면 마을에 좋은 일들이 생긴다 했다. 아들 셋, 딸 하나를 둔 김승기씨는, 미국에 유학을 가 존스홉킨스대학에서 생명공학을 공부하는 맏아들을 비롯해 자식들이 모두 대학을 나와 잘살고 있다며 그 배경을 외솔의 보살핌으로 믿는다.

외솔에 대한 이러한 숭배는 신앙의 차원을 넘어서서 이제는 삶의 일부가 된 듯하다. 화전민 부모의 8남매 중 다섯째로 태어난 김씨는 배운 것이 없어 형제자매가 모두 떠난 이 산촌에 자신만 남게 됐다고 한다. 못 배운 한을 자녀들의 성공으로 풀기 위해 없는 살림에 죽을힘을 다해 자식들을 가르쳤고, 이제 자신은 삭정이가 되어 외솔을 벗 삼아 안식을 준비하고 있다.

산을 내려오다가 뒤를 돌아보니 우뚝 선 외솔이 나를 내려다본다. 형언할 수 없는 경외감이 밀려오며 외솔배기마을 사람들이 왜 외솔을 신성시하는지 이해가 갔다. 척박한 마을에서 오랫동안 마을 사람들과 울고 웃으며 수호신이 돼주었던 소나무 한 그루, 머리에 구름을 한가득 이고 선 외솔을 향해 나는 천년만년 살아남아 달라고, 그리하여 언제까지나 이 마을의 수호신이 돼달라고 마음으로 기도를 드려 본다.

산골 수림대에
첫눈이 내립니다

계곡을 알록달록 물들였던 단풍이 사라진 자리, 알몸이 된 산천에 첫눈이 내린다. 개울에는 두껍게 얼음이 얼고 물줄기는 내년 봄을 기약하며 얼음 밑으로 숨어 버렸다. 말라비틀어진 갈대에, 푸른 소나무에, 흰 눈이 탐스럽게 꽃을 피우고 동네 개들이 눈 위에 꽃무늬 같은 발자국을 찍으며 제멋대로 뛰어다닌다. 산촌의 겨울은 유난히도 해가 짧다. 늦은 해돋이, 이른 해넘이를 견디며 산촌은 지루한 겨울만큼이나 긴 동면에 빠진다.

요 며칠 한낮이 되면 기온이 영상으로 올라가 제법 포근한 이상 기온이 계속되었다. 윙윙거리던 칼바람이 잔잔해지자 방에 틀어박혔던 산촌 사람들도 하나 둘씩 문을 열고 밖으로 나와 해바라기를 한다.

아침을 먹은 나는 방한 장화를 신고 수림천을 따라 내려갔다. 얼음으로 몸을 가리고 겨울잠에 빠진 금당 계곡은 태고부터 내려온 그대로 억겁의 역사를 써나간다. 돌멩이로 얼음장을 두드려 보지만 꿈쩍도 하지 않는다. 얼음 밑으로 물이 흐르고 얼음 위, 쌓인 눈 속엔 크고 작은 발자국이 겨울 음화처럼 어지럽게 찍혀 있다. 목을 축이러 개울로 내려왔던 짐승들이 남긴 발자국일 것이다.

계곡 하류로 내려오자 썰매를 탄 아이들 대여섯 명이 신나게 얼음을 지치고 있다. 한쪽에선 허리까지 오는 장화를 신은 어른들이 쇠망치로 빙판을 내려친다. 수차례 망치질이 계속되자 돌무더기 밑에 숨어 겨울 단잠을 자던 얼음치들이 놀라 기절해 배를 까뒤집고 떠오른다. 사람들은 찌개에 넣을 만큼만 물고기를 잡은 뒤 가지고 온 냄비에 고추장을 풀어 즉석 매운탕을 끓인다. 무료한 겨울을 나기 위한, 산촌 사람들만의 특별한 겨울나기 비법인 셈이다.

무엇보다도 이곳을 살맛나게 하는 것은 산촌 사람들의 따뜻한 정이다. 첫눈을 밟으며 이장 수봉씨네 부부가 토종꿀 한 단지를 전해 주고 간 것을 필두로 비록 날씨는 춥지만 가슴 훈훈한 정이 매일같이 흐른다. 초등학생 나연네도 꿀 농사가 잘됐다며 토종꿀 한 단지를 며느리 편에 보내 왔고 이어 갓 버무린 김장 김치 한 통을 할머니가 손수 들고 와 슬며시 거실에 내려놓고 갔다. 곧 초등학생이 되는 진실이네, 마음씨 좋은 세철 어른, 아랫동네 상철씨도 브로콜리와 꿀, 표고버섯 등 여름내 땀 흘려 재배한 귀한 것들을 선뜻 나누어 주고 가니 외지에서 들어와 정착한 지 몇 년 되지 않는 나를 대하는 동네 인심에 그저 눈물이 날 지경이다.

　내가 도시를 버리고 이곳으로 찾아든 이유도 따지고 보면 사람 냄새가 그리웠기 때문이다. 산골 사람들은 순박함 그 자체다. 계산할 줄을 모른다. 봄부터 가을 수확 때까지 찌는 더위, 야속한 장마, 모진 가뭄에도 동요하지 않고 숙명처럼 쉼 없이 일하는 모습은 자연을 향한 엄숙한 삶의 원칙을 보는 것 같아 숙연함마저 느껴진다. 수확에 대한 욕심 없이 그저 허락된 시간에 최선을 다하고 그 결과를 하늘에 맡기는 겸허한 이들에게서 진정한 신앙인의 모습을 보는 듯하여 머리가 숙여질 때가 많다.

　집으로 돌아오는 해질 녘, '불조심'이라 쓰인 완장을 찬 일흔도 훨씬 넘어 보이는 노인을 만났다. 가을부터 이른 봄까지 군(郡)에서 임시로 고용한 산불 감시원이다. 노인은 뒷짐을 진 채 천천히 개울과 밭을 오가면서도 자신이 맡은 직무에 충실하게 시선을 맞은편 산자락에 고정시키고 있다. 특히 강원도 지역은 날씨가 건조해지면 산불 피해를 자주 입기에 산불 감시원 역할은 어디를 기든 대단히 중요하다.

「하루 얼마나 받으세요?」

　뻔한 얘기를 물어보며 말을 붙인다.

「3만 5천 원 받지.」

　노인은 돈보다 일이 좋아 산불 감시원에 지원했다고 덧붙인다. 문득 파고다 공원이나 종묘 주변에 나와 할 일 없이 무료하게 앉아 있는 노인들이 떠오른다. 도회지나 산촌이나 나이 먹은 분들에게 무엇인가 할 수 있는 일이 주어진다는 것은 고마운 일이다.

「이제 날도 어두워져 오는데 들어가셔야죠?」

「가야지, 가야 또 내일이 오지.」

노인은 구부정한 모습으로 등을 보인다.

골바람이 눈보라를 일으키며 계곡을 휩쓸고 지나간다. 뽑지 않은 옥수숫대가 몸을 뒤채고 느릅나무 가지를 오가며 메까치들이 울어 댄다. 공연히 마음이 저며 온다. 눈이 쌓이고 물이 얼면 저 짐승들은 어떡하나. 여름내 개울가 갈대숲을 노닐던 원앙 가족도 소식이 궁금해진다. 큰 돌무더기를 쇠꼬챙이로 젖히면 도망치듯 물살을 가르던 버들치며 산천어며 깔딱메기며 퉁가리들은 또 어떻게 이 겨울을 견디고 있을까…….

세상 잡사에 마음을 쏟고 욕망에 들떠 잠 못 이루던 속물이 어느새 미물들의 안녕에 관심을 갖게 됐는지……. 이 모든 게 자연이 내게 부려 놓은 마법이 아닐까. 산촌에선 자연 앞에 어떤 인간도 작아져 한낱 미물이 된다. 높은 지위도, 가진 돈도, 아무것도 소용이 없다. 더 가짐도 더 누림도 허락되지 않음을 아는 사람들. 땀 흘림과 쉼의 의미를 터득한 슬기로운 사람들. 한 시절 땀 흘려 놓고 조용히 안식을 누리는 사람들.

첫눈을 어깨에 이고 마을을 한 바퀴 돌아본다. 숨 가쁘게 달려왔던 육십 평생을 저 눈 속에 묻고 싶다. 말없이, 그리고 홀가분한 마음으로 산을 닮고 계곡을 닮고 눈을 닮고 싶다. 이미 자연과 하나가 된 유포리 사람들처럼 그렇게 자연과 하나가 되어 세상 떠나는 그날까지 삶에 충실할 수 있다면.

뱃속 아이에게도 책을!

전국을 돌아다니다 보면 많은 사람들을 만난다. 때론 정자나무에 둘러앉은 어르신들과 책 이야길 나눌 때도 있고, 학생들을 가르치는 선생님들과 독서의 중요성을 말하기도 한다. 초등학교 담벼락에 기대어 아이들과 이야기를 나누기도 하고, 고속도로 휴게소에서 물건 파는 분들과 책 이야기를 하기도 한다.

그런데 누구보다도 가장 뜨거운 질문을 쏟아 내는 이들은 우리나라의 높은 교육열을 반영하듯 곧 학부형이 될 어머님들이다. 그중 아이를 가졌거나 갖게 될 분들이 꼭 던지는 질문이 있다.

「요즘 태교 음악이다 뭐다 해서 뱃속 아이에 대한 관심이 높아지는데 독서는 어떤가요? 아이에게 책을 읽어 줘도 괜찮을까요? 아이가 알아들을까요?」

나는 힘주어 대답한다.

「당연하죠. 편안하게 앉아서 읽어 주세요. 너무 어려운 책이나 어두운 이야기는 피하고 사랑하는 마음을 듬뿍 담아서 밝고 행복한 느낌만 전하시면 돼요.」

학자들에 의하면 태아는 엄마 뱃속에 있을 때 이미 지능의 70~80

퍼센트가 형성된다고 한다. 대인 관계의 바탕이 되는 성격도 대부분 이때 만들어진다. 임신 12주면 신체 골격과 신경이 갖추어지고 매일 수만 개의 뇌 세포도 활발하게 만들어진다. 당연히 자극에도 민감하고 외부의 소리에도 적극 반응한다. 음악과 마찬가지로 태교에 독서가 무엇보다도 긍정적으로 작용하는 이유이다.

과학적으로 태교의 중요성이 밝혀지기 전부터 우리 조상들은 태교를 중요시해 왔다. 정몽주의 어머니인 사주당 이씨 부인은 동양과 서양을 막론한 최초의 태교 관련 도서인 《태교신기胎教新記》를 저술하여 태교의 중요성을 강조하였다.

《태교신기》의 첫 장에는 '스승이 십 년을 잘 가르쳐도 어미가 열 달 뱃속에서 가르침만 못하다'는 유명한 구절이 있다. 이외에도 《태교신기》는 임신부의 마음가짐, 태교의 구체적인 방법, 임신부의 생활 태도 등으로 구성되어 있는데, 우리 조상들은 임신부의 생활 태도로 특히 바른 생각과 좋은 글, 그림을 벗하는 것을 중요시해 왔다.

이따금씩 서점에 나가 보면, 부모님들이 아이 손을 잡고 앉아 동화를 읽어 주는 것을 종종 볼 수 있다. '좋은 책 읽기 가족 모임'에서도 산골 오지에 도서관을 개관할 때마다 매번 초등학생들을 버스로 초청하여 구연동화를 선보이는데 아이들의 반응이 꽤 뜨겁다. 하지만 많은 어머니들이 독서 교육의 중요성은 잘 알면서도 정작 태교 독서의 중요성은 간과하는 경향이 있다.

독서 지도는 빠르면 빠를수록 좋다. 그렇다고 태아에게 무작정 책을 읽어 주라는 얘기는 아니다. 책을 읽어 주는 것도 중요하지만 책을 읽는 태도와 마음가짐이 더욱 중요하다. 엄마가 기분이 우울한 상태에서, 혹은 잔뜩 걱정거리를 앞에 놓고, 태교를 하기 위해 억지로 책을 읽는다면 뱃속 아이의 기분이 좋을 리 없다. 차라리 그런 기분이 가시지 않을 때에는 책보다 음악을 듣는 편이 낫다.

아이와 내가 한몸이라는 사실을 절대 잊어서는 안 된다. 내가 우울하면 아이의 기분도 우울한 상태가 된다. 반대로 내 기분이 좋으면 아이도 기분이 좋아진다. 엄마가 억지로 하는 독서는 아이에게 치명적이다. 엄마는 읽기 싫은 상태에서 의무적으로 책을 읽고, 아이는 기분이 좋지 않은 상태에서 일방적으로 정보를 받아들여야 하니, 엄마도 뱃속의 태아도 둘 다 고역이 아닐 수 없다.

단순히 책을 읽는 것에 그치지 말고 가볍게 질문을 던지는 것도 중요하다. 하지만 이제 막 두뇌가 형성되는 아이에게 복잡한 질문은 삼가야 한다. 어떤 책을 읽고 나서 '왜 그럴까', '왜 그런 일이 벌어졌을까', '그들은 어떻게 되었을까', '저게 뭘까', '참 예쁘네, 아가야. 그렇지 않니?' 하고 가볍게 질문을 던져 보자.

아이의 두뇌는 지혜롭게, 창조적으로 발달할 것이다.

바른 태교 독서를 위한 조언

- 비극적인 이야기, 심각한 이야기를 피하고 밝고 건강한 소재를 택한다.
- 천편일률적인 권장 도서보다는 읽고 싶은 책을 자연스럽게 선택한다.
- 마음이 우울하거나 건강이 좋지 않을 때는 피한다.
- 편안히 기대거나 앉아서 아이에게 느낌이 충분히 전달되도록 읽는다.
- 책을 다 읽고 나서 마음으로 아이에게 질문을 던져 본다.

책과 평생 벗하며 사는 방법

조선 시대의 유학자 이율곡은 그의 저서인 《격몽요결》에서 독서는 삶의 일부이며 일상생활이라고 강조하였다. 학자 이수광은 《지봉유설》에서 글을 읽을 때는 세 가지가 책에 머물러야 하는데 첫째가 마음이며 둘째는 눈, 셋째는 입이 머물러야 한다고 적었다. 또 퇴정재 김항령은 책을 읽을 때마다 방문을 꼭 걸어 잠갔는데 이는 외부의 소리를 차단하고 온전히 책에 몰입하기 위해서였다고 한다. 모두 독서의 중요성을 강조한 것이다.

굳이 옛 선인들의 가르침이 아니어도 독서는 인간의 운명을 좌우하는 방향키와 같다. 어렸을 때 어떤 책을 읽었느냐에 따라 좋아하는 것, 관심거리, 심지어는 직업까지도 결정되는 예가 허다하다. 글을 배운 아이는 책을 통해 처음으로 세상과 소통하는데 이때 책에 흥미를 붙인 아이는 평생 손에서 책을 놓지 않는다. 반면 책을 접하지 못하거나, 수준에 맞지 않는 책을 읽게 됐을 때는 책과 담을 쌓게 된다.

「어떤 책부터 읽어야 할까요?」

책은 읽기 싫지만 억지로라도 읽을 필요를 느끼는 사람들이 가장 많이 하는 질문이다. 부모님들 가운데 이런 분들이 많다. 자신은 책에 흥미가 없지만 아이 교육을 위해, 혹은 여가 시간을 때우려 책을 찾게 되면서 읽어야 할 책을 고르지 못해 고민하는 것이다. 결론적으로 말하자면 독서 습관을 갖추지 못한 사람은 자기 수준에 맞고 본인에게 흥미로운 책을 읽어야 한다는 점이다. 우선 내용이 재미있는 것부터 관심을 가져야 한다.

깨알 같은 글씨가 부담인 사람은 그림이 많이 섞인 책도 좋고 만화책도 좋다. 다음 장면이 궁금해 견딜 수 없게 만드는 추리 소설이나 자신의 직업과 관련된 책을 찾아 읽는 것도 독서에 취미를 붙이는 한 방법이다. 책에는 중독성이 있어서 처음 시작이 어렵지 한번 관심을 붙이기 시작하면 늘 옆에 끼고 살 정도로 책 중독자가 되기 쉽다. 중독 중에서 가장 좋은 중독이 바로 책 중독인 셈이다.

단지 책에 흥미를 붙이는 것으로 끝나서는 안 된다. 손에 책이 익기 시작했다면 다음 단계는 그것을 활용하는 것이다. 책을 읽고 그냥 덮어 둔다면 얼마 못 가 책의 내용을 모두 잊어버리게 된다. 때문에 중요한 대목은 반드시 밑줄을 치거나 옮겨 적어 보자. 자녀에게 그 내용을 적어 주어도 좋고, 좋은 글귀를 집 안에 액자로 만들어 걸어 두는 것도 좋다. 블로그나 미니홈피에 좋은 글을 옮기거나 책 읽은 소감을 올려 자신이 읽은 책을 지인들과 공유하는 것도 지식을 확장시키는 좋은 방법이다.

그다음 단계는 책의 종류를 흥미 위주에서 다양한 분야로 확산시키는 것이다. 추리 소설로 책을 시작했다면 해당 작가와 동시대에 활약했던 다른 작가들의 작품으로 범위를 넓혀 보자. 동시대의 작가들을 섭렵했다면 이번에는 동시대의 예술가들에게 관심을 기울여 보도록 하자. 비슷한 시기에 활약한 화가나 음악가들, 혹은 과학자들의 전기를 읽는 것도 흥미를 끌 수 있다. 이렇게 시작하여 해당 시대의 역사와 전쟁에까지 시야를 확대했다면 이미 그 사람은 책의 세계에 중독된 것이나 마찬가지다.

문학 서적 이외에도 다양한 장르로 시선을 옮겨야 한다. 탐험기와 같은 책들도 흥미를 끌 수 있다. 철학과 과학, 종교에 관련된 책들, 세계 각국의 신화로까지 독서의 범위를 넓혀 나가자. 이때 반드시 병행되어야 하는 것이 독서 기록장 작성이다. 처음 열두어 권까지는 자신이 읽은 책을 기억할 수 있지만 그 이후부터는 무슨 책을 읽었는지 내용이 중복되어 기억되고 제목과 저자도 헷갈리기 십상이다. 때문에 책을 읽은 날짜와 제목, 저자, 간단한 내용 요약 등을 노트에 기록해 놓는다면 몇 년이 지나도 그 책의 정보를 확실히 기억할 수 있다.

다음은 책을 읽는 시간이다.

많은 분들이 언제 책을 읽는 게 좋으냐고 묻는다. 내 대답은 하나다. 「항상 읽어라! 늘 책을 끼고 밥을 먹듯 읽어라.」

서점에 나가 보면 수많은 독서 지도서들이 나와 있다. 바쁜 직장인을 위한 요약법에서부터 단시간에 책을 읽는 속독법까지, 별의별 방법이 다 있다. 여기서 반드시 구분되어야 할 것이 있다. 수험 서적 같은 특정한 목적을 위해 책을 읽을 때와 교양 도서를 읽을 때의 책 읽기 방법이 같아서는 안 된다는 점이다. 공부와 독서는 엄연히 다르다.

독서를 한다는 것은 '읽는 행위'와 '생각하기'가 결합된 것을 뜻한다. 즉, 책 한 줄을 읽고 혹은 한 장을 읽고, 장과 장을 넘기며 행간과 여백을 통해 책의 내용을 천천히 음미하고 생각하면서 읽는 것이 진정한 독서다. 요점을 암기하듯 읽거나, 짧은 시간에 수십, 수백 권의 책을 읽을 수 있다고 자랑하는 독서는 지양해야 한다. 생각이 결여된 독서, 여백이 결여된 독서는 독서가 아니기 때문이다.

잠들기 전, 출근길 버스에서, 점심을 먹고 차 한 잔을 마시며, 휴일 오후 산책을 나간 벤치 위에서 자연스럽게 책을 꺼내 들고 읽어야 한다. 가장 좋은 운동은 생활 패턴과 리듬을 타는 것이라고 한다. 독서도 마찬가지다. 특별히 책 읽는 시간을 정해 놓지 말고 삶 속에서 리듬을 타듯 단 몇 줄이라도 좋으니 책을 꺼내 읽어야 한다. 현대인의 머릿속은 온갖 일들로 복잡하게 꼬여 있다. 몇 줄의 독서는 머리를 식혀 주는 청량제 역할을 한다. 적어도 책을 읽는 순간만큼은 복잡한 생각이 비워지고 집중할 수 있기 때문이다.

또 어떤 사람들은 말한다. 곧 늙어 죽을 텐데 책은 읽어서 뭘 할까. 파고다 공원이나 종묘에 나가 보면 수백 명의 어르신들이 마냥 앉아서 지나가는 사람들을 쳐다보며 쓸쓸히 하루를 보내는 걸 볼 수 있다. 인생에 특별한 낙이 없기 때문이다. 만약 그 어르신들이 젊었을 때부터 책 읽는 습관을 들였다면 어땠을까. 자식들 다 키워 내고 삶의 여유가 느껴지는 그즈음에 좋은 책들을 읽으며 노년의 삶을 준비한다면 외로움과 고독을 느낄 시간도 없이 만년이 풍요롭고 행복하지 않을까.

읽는다는 것은 생각한다는 것이다.
생각한다는 것은 내가 살아 있다는 것이다.
살아 있는 한 우리는 책을 읽어야 한다.

작은 이야기들이 모여 행복이 쌓입니다

내 마음속의 어머니

어머니,
요즘 술을 많이 마시고 있습니다
담배도 많이 피웁니다
잘못했습니다
다시는 안 그러겠습니다

할아버지 아버지를 잊지 않겠습니다
밥도 많이 먹고 잠도 푹 자겠습니다
어머니!

— 오탁번, 〈어머니〉

오래전, 범죄를 저지른 아들을 대신해 자신이 감옥에 들어가겠노라고 판사 앞에서 울부짖던 어머니가 사람들의 심금을 울린 일이 있다. 집에 불이 나자 아이를 껴안고 뛰어내려 자신은 죽고 자식을 살린 어머니가 있는가 하면, 지난 중국 대지진 때에는 건물 더미에 깔린 어머니 품에 있던 아이가 기적같이 생존한 채 구출되어 많은 사람의 눈물샘을 자극하기도 하였다.

어머니는 그런 존재다. 자식을 대신해서 감옥에 갈 수도, 혹은 죽을 수도 있는 존재. 세상에 단 하나밖에 없는 위대한 이름, 어머니.

내게는 나를 낳아 준 어머니 외에도 마음으로 모시는 두 분의 어머니가 있다. 나를 친자식처럼 돌봐 주신 무당 어머니와 자식을 위해 청춘을 길 위에 바친 친구 K의 어머니가 그분들이다.

다섯 살 이전의 나는 늘 얼굴을 찌푸리고 울기만 하던 아이였다. 할아버지에게 한문을 배우면서도 울고, 서당에 가면서도 울고, 툭하면 짜증 내고 울음을 터뜨렸다. 증세는 다섯 살이 되면서부터 갑자기 더 심해졌다. 하루도 빠짐없이 몸이 아팠던 것 같다. 몸이 아팠지만 어디가 아픈지 모르니 나는 나대로 부모님은 부모님대로 답답했을 것이다. 전신이 욱신거리고 자주 식은땀을 흘렸다. 병원에 가보았지만 별다른 원인은 발견되지 않았다.

하루는 그런 내 소문을 듣고 근처의 용하다는 무당이 찾아왔다.

「쟤, 나한테 팔어!」

나를 보자마자 무당은 대뜸 말했다.

「팔다니요? 그게 무슨…….」

당황한 부모님이 이유를 묻자 무당은 고개를 저었다.

「잰 그냥 놔두면 죽어. 알아? 신神이 들었단 말야, 신이.」

지금 같으면 병원으로 데려가 정밀 검사를 받고 아픈 원인을 찾아 냈을 것이다. 하지만 병원이 귀하고 치료 방법도 변변찮던 당시는 이런 이야기가 통하던 시절이었다.

「애가 죽는단 말인가요?」

「그래, 제명대로 살게 하려거든 나한테 팔아.」

부모님은 속는 셈치고 나를 무당의 호적에 올렸다. 법적으로 양자 가 된 게 아니라 이름만 올려놓은 것이다. 그리고 그날 이후 신기하 게도 울음을 딱 그쳤다고 한다. 할머니는 한 달에 두어 차례는 꼭 내 손목을 잡고 5리 정도 떨어진 무당의 집을 찾아갔다. 나는 별다른 거부감 없이 무당을 어머니라고 부르며 졸졸 따랐다. 단순히 병이 낫기 위해 무당의 양자 노릇을 한 게 아니라 진심으로 어머니처럼 대했다.

무당 어머니 집에서는 거의 날마다 굿을 했다. 나는 무슨 굿인지 도 모른 채 절을 하라면 절을 하고 소주를 부으라면 부었다. 내가 "어매" 하고 부르면 무당 어머니는 기분이 좋은지 "어이쿠, 내 자 식" 하면서 머리를 쓰다듬어 주었다. 나는 진짜 낳아 준 어머니와 무 당 어머니를 구분하지 않고 재롱을 피우거나 어리광을 부렸다. 초등학교에 입학하자 친구들이 무당 아들이라고 놀리기 시작했다. 그러나 나는 크게 개의치 않았다. 무당 어머니가 나를 끔찍이 아끼는 이상 멀리하거나 부끄러워할 이유가 없었다.

무당 어머니는 그 직업만큼이나 영적인 신비로움을 지닌 분이셨다. 체구는 작았지만 작은 몸에서 쏟아지는 강한 목소리와 날카롭게 쏘아보는 안광은 귀신이든 사람이든 능히 상대를 제압하고도 남았다. 특히 기이했던 것은 날 때부터 몸에 지니고 태어났다는 한 마리 불뱀이었다. 어느 날 무당 어머니는 직접 옷을 벗으시고 내게 그 불뱀을 보여 주셨다. 화상 자국 같기도 했고, 문신 같기도 했던 그 흉터는 뱀이 전신을 휘감듯 무당 어머니의 등허리 아래쪽을 출발하여 등을 기어오른 뒤, 어깨를 타고 내려와 오른팔로 이어졌다. 더욱 신비로웠던 것은 마치 뱀이 물어뜯기라도 한듯 엄지와 검지, 중지, 세 개의 손가락이 잘려 있었다는 점이다.

연세가 많았던 무당 어머니는 내가 고등학교 졸업할 때쯤 돌아가셨다. 가까운 곳에 살 때는 자주 찾아뵈었지만 중학교에 들어가고, 타지로 고등학교를 다니면서 자연스럽게 발길이 뜸해졌다. 돌이켜 보면 내가 불혹의 나이에 신학을 전공하고 목사가 된 것도 무당 어머니의 영향이 아니었나 싶다. 무속과 기독교의 세계관은 본질적으로 다르지만, 무당 어머니에 대한 영적인 기억이 에테르ether가 되어 상당 부분 내게 영향을 준 것만은 분명하다. 그로 인해 나는 영적인 시야가 열렸고 훗날 하나님을 받아들일 수 있었다.

비록 무속 신앙이라 할지라도 큰 틀에서 보면 만물의 창조주인 절대자를 향해 나아가는 큰 길에 연결된 하나의 작은 길이 아닐까. 하나님의 사랑은 크고 작은 신들을 품에 안은, 보다 더 크고 넓은 전 우주적인 사랑일 테니까. 내가 교리만을 절대적으로 믿는 기독교 근본주의에 치우치지 않고 열린 시각으로 다른 종교를 바라보게 된 이유이기도 하다. 세상을 넓은 그릇에 담아 바라보면 크고 작은 대립과 갈등이 모두 창조주라는 하나의 그릇에 담기게 된다.

무당 어머니와 더불어 유년 시절 내 마음에 강한 인상을 남긴 또한 분의 어머니가 있다. 바로 중학교 동창 K의 어머니다. 암울했던 1960년대, K의 어머니는 지붕도 없는 안동 구시장에서 과일 노점을 했다. K의 어머니는 대갓집 규수로 태어나 귀하게 자랐다고 한다. 하지만 결혼을 하고 살림이 어려워지자 자식을 위해 길바닥으로 나선 것이다. 중학교를 안동 시내에서 유학하면서 자취를 했던 탓에 나는 반찬을 사러 종종 시장에 나갔다. 그러다가 과일 노점에 동창 K가 앉아 있는 걸 발견했다.

다른 아이들 같으면 부모가 노점상이란 게 창피하여 근처에 얼씬도 안 했을 텐데 K는 달랐다. K는 학교가 끝나면 곧장 제 어머니에게 달려가 가게 일을 도왔다. K의 어머니는 햇볕이 따갑던 여름날에는 뜨거운 햇볕을 고스란히 받았고 비가 내리면 얇은 비닐만을 의지한 채 고스란히 비를 맞았다. 어떤 날은 반찬도 없는 맨밥을 어머니

혼자 손님이 올세라 급히 떠넘기는 것을 보기도 했다. 가격을 깎아
달라는 손님을 앞에 두고 이러지도 저러지도 못하고 한숨을 내쉬던
모습도 내 가슴속에 지워지지 않는 화인으로 남았다.

K는 고생하는 어머니의 기대를 저버리지 않고 열심히 공부했다.
그 결과 행정 고시를 거쳐 정부 핵심 부서의 이름을 대면 알 만한 고
위 공직자가 됐다. 내일이 불투명했던 시절 어머니는 아들의 장래를
위해 청춘을 아낌없이 길거리에서 보내셨고, 그리고 결국 오늘의 성
공을 보신 것이다. 그때 30대였던 K의 어머니는 이제 여든을 훌쩍
넘기셨지만 여전히 아들의 든든한 버팀목이다.

특별히 연락은 안 했지만 나는 언론을 통해 의연히 공직을 수행하
는 K를 보면서 가슴 뿌듯했다. K를 볼 때마다 과일 노점을 지키던
그날의 젊은 어머니를 떠올렸고, 그때마다 새삼 어머니라는 존재에
대해 가슴이 뭉클해진다. 자식을 위해 자신의 청춘을 바칠 수 있었
던 어머니. 어머니이기에 가능한 이야기가 아닐까.

다시 찾은 세장산

세장산이란 예부터 대대로 물려 내려온 가문의 선산을 말한다. 어느 날, 나는 조상들로부터 물려받은 세장산이 이미 팔려 버렸다는 걸 알게 되었다. 친척 중 한 분이 다른 친지들 허락도 받지 않고 세장산을 판 모양이었다. 나는 세장산을 꼭 되찾아야겠다고 결심하고 주인을 수소문했다. 그러나 세장산은 이미 채석장으로 변한 뒤였다.

나는 고향에 사는 아재에게 부탁해 세장산으로 쓸 만한 산이 나오면 즉시 연락해 달라고 해놓았다. 대체할 만한 산을 찾기 위해서였다. 마침 세장산으로 마땅해 보이는 산 하나가 매물로 나왔다는 연락이 왔다. 예전 선산이 있던 곳 뒤쪽이어서 장소도 적당했다. 나는 용인에 사는 동생 내외에게 그 사실을 알렸다. 동생 내외가 어머니를 모시고 대학생 조카와 함께 유포리로 달려왔다.

「뭐, 산을 마련한다고?」

세장산 얘기를 꺼내자 어머니는 누구보다 좋아하셨다. 아흔에 접어든 어머니는 그 연세에도 정신이 또렷하여 아침저녁으로 신문을 읽고 식사도 잘 하셨다. 아침에 동생이 세장산을 보러 간다고 하자 소풍 가는 아이들처럼 기뻐하셨다고 한다.

유포리에서 하루를 보내고 우리는 다음 날 고향 마을인 안동시 풍천면 구담마을로 출발했다. 모처럼 가족들과 차를 타고 고속도로를 달리니 나도 모르게 흥이 났다. 나는 어깨를 들썩거리며 〈후회하지 않아요〉와 〈천둥산 박달재〉를 연이어 불렀다. 기분이 좋은지 어머니의 얼굴에도 미소가 번졌다. 노래를 부르고 나서 어머니께 말을 걸었다.

「어머니, 우리 어디 가는지 아세요?」

「알지, 왜 몰라.」

「기분이 어떠세요?」

「어떻긴. 잘 되면 좋지.」

그 순간 어머니와 나는 모종의 교감을 하고 있었다.

어처구니없이 잃어버린 선산을 되찾으러 가니 어머니 심정이 어떠했겠는가. 목사지만 나는 조상님께 절도 하고 제사에도 참석한다. 외부로 드러나는 형식보다는 마음가짐을 더 중요하게 생각하기 때문이다. 나를 낳아 준 조상님께 절을 한다고 해서 우상 숭배가 될 수는 없다. 산소에 가 절하는 것은 죽은 귀신을 섬기자는 것이 아니라 살아생전 조상님들의 덕을 기리고 나를 낳아 준 것에 대해 감사를 드리는 것이다.

　우리는 정오 무렵 고향에 도착했다. 기다리던 아재가 우리를 반갑게 맞아 주었다. 먼 친척 어른 한 분도 소식을 듣고 달려왔다. 친척 어른들이 대구에 사는 산 주인과 다리를 놓아 주었던 것이다. 곧이어 산을 팔려고 내놓은 주인이 도착했고 나는 다시 어머니와 함께 예전 선산 뒤쪽에 있다는 매물을 보러 갔다.

　얼마쯤 울퉁불퉁한 길을 달리자 마침내 완만해 보이는 산 하나가 눈에 들어왔다. 모두 2만 4천 평이나 된다고 했다. 골짜기는 부드러웠고 우거진 수풀 어디선가 뻐꾸기 우는 소리도 들렸다. 가격도 적당하고 그럭저럭 세장산으로 손색이 없을 것 같았다. 어머니 눈치를 살피니 어머니도 내심 기쁜 얼굴이었다. 동행한 아우도 귓속말로 산이 마음에 든다고 만족감을 표시했다.

「어머님, 어떠세요?」

　뭐니 뭐니 해도 중요한 건 어머니 의사였다.

「나야 뭐, 됐지. 잃어버린 땅을 다시 찾았으니…….」

「그래요? 좋습니다. 계약합시다.」

　재고 망설이는 성격이 아니라 계약은 일사천리로 진행되었다. 오히려 산 주인이 마음을 돌리지 않을까 걱정이 될 정도였다. 나는 곧바로 차를 몰아 시내로 가서 공증을 받고 주인에게 돈을 치렀다. 늦은 점심을 먹은 뒤 조카를 붙잡고 신신당부했다.

「아까 그 산 말이다. 너희가 대대로 가꿀 세장산이니 잘 기억해 두어야 한다. 돈이 궁해도 함부로 팔지 말고, 새들이 지저귀고 짐승이 와서 쉬도록 항상 아름답게 가꾸어야 한다.」

고개를 끄덕이는 조카를 지나쳐 어머니를 보았다.

「좋구나.」

어머님도 조카마냥 고개를 끄덕거렸다.

내가 목사의 신분으로 제사에도 참여하고 절도 하니까 어떤 사람들은 절을 하지 말고 기도를 하라고 권한다. 하지만 나에게는 절이 곧 기도다. 손을 모으고, 혹은 눈 감고 고개를 숙이는 행위만이 기도는 아니다. 어느 나라에서는 절하는 것이 기도일 것이고 어느 나라에서는 춤을 추며 기도를 드리기도 할 것이다. 이런 다양성을 인정하지 않고 일방적으로 형식만 강요한다면 진정한 주님의 사랑을 나눌 수 없다. 한국 교회는 너무 형식주의에 물들어 있다. 상대를 존중하고 배려할 줄 모른다. 내가 만든 형식만이 중요하고 그것만이 진리이며 길이고, 다른 문화, 다른 나라의 형식은 모두 틀렸다고 한다면 그것은 대단한 오만이요, 폭력이 아닐 수 없다.

우리 어머니는 불교 신자였다. 딱히 독실한 불교 신자라기보다는 예부터 내려온 토속적인 신앙을 유지하셨던 것 같다. 그럼에도 아들이 믿는 하나님을 잘 이해하셨다. 교회에도 가끔 나오셔서 함께 예배를 드리기도 했다. 돌아가시기 전, 당신의 제사가 주일에 들면 아침 일찍 제사를 지내고 교회 나가라고 말씀하셨던 분이다. 그래서 작년2007년 어머니가 돌아가셨을 때 나는 평소 친분이 있던 태고종 총무원 법현 스님께 부탁하여 어머니 가시는 길에 독경을 부탁했다. 마지막 가시는 길을 평소의 믿음대로 지켜드리고 싶었다.

이런 연유로 나는 목사라는, 유교적인 전통 규범과 쉽게 어울릴 수 없는 신분임에도 불구하고, 순천 김씨 중앙종친회 부회장과 가장 큰 종파 가운데 하나인 참의공파 종친회 회장을 흔쾌히 맡아 오고 있다. 가족을 잘 섬기고 조상을 잘 섬기는 것이 곧 하나님을 잘 섬기는 일이라고 굳게 믿기 때문이다.

어머니는 임종 직전에 병상을 지키던 가족들에게 세장산 이야기를 하셨다고 한다.

「천년고택千年古宅을 마련해 줘 고맙다고, 셋째에게 꼭 전해 다오.」

세상 단 하나뿐인 금고

어머니는 돌아가시기 전까지 용인의 막냇동생 내외와 함께 살았다. 늘 마음 한쪽에서 내가 어머니를 모셔야 한다고 생각했지만 도서관 개설 운동에 뛰어들면서부터 여유가 생기지 않았다. 불행한 결혼 생활도 한몫했다. 불의의 사고로 가정이 풍비박산 나고, 두 번째 결혼마저 실패로 돌아가면서 어머니를 모실 만한 마음의 여유를 갖지 못했다. 물론 핑계 없는 무덤이 없다지만 말이다.

유년에도 한동안 집을 나와 조부모 밑에서 보냈으니 어머니와 같이한 기간이 다른 형제들보다 덜했다. 대학을 마치고 사회생활을 하면서도 늘 마음에만 어머니를 품었을 뿐 행동으로 사랑을 보여 드리지 못했다. 몸이 함께하지 못하다 보니 자연히 돈으로 그 마음을 채우려 하게 되었다. 아프셔서 병원에 입원이라도 하면 꼬박꼬박 병원

비를 내드리고 짬짬이 용돈을 드렸다.

그러나 정작 어머니 마음이 어떤지는 헤아리지 못했다. 돈을 드리고 떠날 때마다 나는 어머니께 어느 정도는 도리를 했다고 믿었다. 하지만 실제로 어머니를 위해서가 아니라 내 마음이 편코자 돈을 드렸을 뿐이다. 돈을 드리면 어머니는 매번 사양하시다가 못 이기는 척 받아들곤 하셨다. 그때마다 어머니의 표정이 편해 보이진 않았다.

그러던 어느 날, 새벽 기도 중에 문득 어떤 생각이 머리를 치고 지나갔다. 나는 별 생각 없이 드리지만 과연 돈을 받는 어머니 마음은 어떠실까. 마냥 좋기만 하실까? 혹시 지금 내가 어머니를 거지 취급하고 있는 건 아닐까? 마치 거지에게 돈 몇 푼 던져 주듯, 어머니께 용돈을 드리는 건 자식 된 의무니까 챙긴다는 듯, 또 이 정도면 남부럽지 않은 액수라며 나도 모르는 사이 생색내고 있는 것은 아닐까? 어머니도 이런 내 마음을 느끼고 계시기 때문에 불편해하시는 게 아닐까?

돈을 드린다는 행위가 중요한 것이 아니라, 또 드리는 돈의 액수가 중요한 것이 아니라, 진짜 정성스러운 마음과 모시지 못한다는 죄송한 마음을 가지고 드려야 했다. 용돈을 받으시는 어머니도 그런 마음을 충분히 느끼실 수 있도록 해드려야 했다.

가슴 밑바닥으로부터 뜨거운 후회와 죄송스러움이 올라왔다. 아무래도 지금껏 표현과 방법이 잘못되었다 싶었다. 어머니가 불편하지 않으시게 돈을 전달할 방법이 없을까. 해결 방안이 필요했다.

며칠 동안 그 일로 고민하다가 막냇동생에게 전화를 넣었다.

「야, 막내야, 너 당장 금고 하나 준비해라.」

「금고요? 금고는 뭐하게요?」

막내가 뜬금없이 무슨 소리냐는 듯 물었다.

「그냥, 작은 개인 금고 하나 사서 어머니 방에 넣어 드려라. 어머니가 쓸 수 있게 조작 쉽고 간편한 것으로 말이다.」

막내는 내 뜻을 어느 정도 짐작했는지 더 묻지 않았다.

며칠 뒤 나는 어머니를 찾아가 대뜸 금고에 돈을 집어넣었다. 안 그래도 금고가 떡하니 방을 차지하고 있어 궁금해하시던 어머니는 무슨 돈이냐고 물었다. 나는 강연료와 원고료, 또 상을 타게 되어 받은 상금이라고 말했다. 그리고 어머니 마음대로 쓰시라고 말씀드렸다. 며느리나 손자들에게 용돈도 주고 등록금도 보태 주고 또 노인정 친구 분들 밥도 사드리고, 마음껏 쓰세요. 그러자 어머니의 표정이 밝아지며 대견하다는 듯 나를 바라보셨다.

「야, 마음이 부자 된 것 같구나.」

그날 이후 나는 동생 집에 들를 때마다 금고 문을 열고 돈을 넣어 드렸다. 돈은 대부분 그대로 있었다. 어차피 용돈을 드려도 어머니는 제대로 쓰지 않고 꼬박꼬박 모으시기만 할 뿐이었다. 여분의 돈이라고 누차 말씀드리며 마음대로 쓰시라고 해도 쑥스러우신지 그저 웃기만 하셨다. 그래도 돈이 있고 없고는 심리적으로 큰 차이가 나기 마련인가 보다. 금고를 마련해 드리고 나서부터 어머님은 더욱

당당해지셨다.

수중에 가진 돈이 없으면 부모님은 자식 앞에서 움츠러들게 된다. 그리고 손자 앞에서, 며느리 앞에서 제구실을 하지 못한다는 생각에 마음의 병을 얻는다. 금고에 언제든 꺼내 쓸 수 있는 여윳돈이 생기자 어머니에게 조금씩 변화가 생겼다. 노인정 출입도 부쩍 늘어나시고 신문을 찾아 읽으시며 세상일에도 관심을 기울였다. 어머니는 노인정 친구 분들에게 밥을 사기도 하고, 며느리나 손자들에게 용돈도 챙겨 주었다. 자식에게 일방적으로 보살핌을 받는 게 아니라 자식을 보살피던 옛날로 돌아간 것이다. 또한 다니시던 절에는 천만 원이라는 거액의 시주를 선뜻 약속하시기도 했다. 어머니가 돌아가신 후에 나는 어머니의 뜻을 받들어 그 약속을 지켜 드렸다.

어머니는 작년에 돌아가셨다. 어머니가 돌아가신 뒤에야 나는 비로소 내가 그분께 받은 사랑의 반도 갚지 못했음을 깨닫고 가슴이 미어졌다. 돌이켜 보면 어머니께 내 사랑을 직접 표현해 본 경우가 드물었다. 어릴 때는 어머니를 두고 무당 어머니를 어머니라 부르며 제 어미처럼 따랐으니 어머니 심정이 어땠을까? 겉으로야 당신 아들의 목숨을 구하고자 그렇게 하셨겠지만, 한편으로는 서운한 마음도 들었으리라.

힘든 일이 생길 때마다 어머니는 늘 같은 자리에서 보호막이 돼주었다. 둘째를 잃고 방황할 때에도, 아내와 이혼한 뒤에도, 재혼한 아내가 미국으로 떠난 뒤에도, 모두가 위선자라며 내게 손가락질을 할 때도, 어머니는 늘 그 자리에서 나를 지켜봐 주시며 내가 기댈 수 있도록 어깨를 내주셨다. 내가 가진 재산을 털어 미쳤다는 손가락질을 받으며 도서관 건립 운동에 몰두할 때에도 어머니만은 조용히 나를 지켜보며 지지해 주셨다. 어머니는 결과를 묻지 않으셨고 방법에 이의를 달지 않았다. 늘 현재의 가치에 의미를 두신 분이다. 내가 어떤 일을 해서 그 일에 행복을 느낀다면 그게 곧 당신의 행복이고 당신의 삶이라고 믿었던 분이다.

세상 모든 어머니 마음이 이와 같지 않을까.

내게는 어머니를 기억하는 일이 든든한 금고가 된다. 어머니가 믿어 주었기 때문에 지금까지 내 일을 계속해 올 수 있었다.

조상의 가르침대로
산다는 것

人皆愛珠玉我望子女賢至樂於讀書

至要於儉勤是汝家法

節齊金宗瑞

사람은 저마다 재물을 탐하지만

나는 오직 내 자녀가 어질기를 바란다.

삶에 있어 가장 보람된 것은 책과 벗하는 일이며

더없이 소중한 것은 부지런하고 알뜰함에 있다.

이를 너희들의 가훈으로 삼으라.

— 절재 김종서 1390~1453

순천 김씨 가문에는 오늘날까지 후손들에게 가훈으로 전승돼 오는 조상의 엄한 가르침이 있다. 재물을 탐하지 말고 책을 벗하여 살라는 이야기가 그것이다. 이러한 글귀를 마음에 새기며 살아온 나는 단 하루도 그 말씀을 잊어 본 적이 없다. 어릴 적부터 귀에 못이 박이도록 들어 온 장군의 유훈은 인생의 고비마다 나를 일깨웠고, 오늘날까지 든든한 삶의 버팀목이 돼주고 있다. 천국으로 떠난 둘째와의 지키지 못한 약속이 계기가 됐지만, 따지고 보면 조상의 가르침이 나를 오늘날까지 다그쳐 온 셈이다.

절재공의 유훈대로, 삶을 불행하게 만드는 가장 큰 원인은 재물에 대한 욕심이다. 평생 짐승처럼 돈을 모은 사람이 다른 사람에게 제대로 베풀지도 않고 자식에게 몽땅 물려주고 죽고, 고생 한번 해보지 않고 자란 그 자식은 외제차에 조기 유학에, 부모가 물려준 재산으로 흥청거리며 사는 경우가 허다하다. 세상도 모르고 어려움도 모른다. 인생을 물질적으로 풍요롭게 살지는 모르지만, 진정한 인생의 참맛은 알지 못한다. 어려운 일이 닥쳐도 모든 걸 돈으로만 해결하려고 할 뿐이다. 돈 이외의 세상일에는 크게 관심도 없다.

사랑하는 자녀에게 많은 재물을 물려주고 싶지 않은 부모는 없다. 그러나 이제는 변해야 한다. 옛 선인들은 물려주는 재산만큼 자녀들이 그릇된 삶을 살게 된다고 가르쳤다. 평생 돈에 매달린 사람은 삶의 진정한 가치를 알지 못한다. 평생, 돈, 돈, 돈, 하다가 건강을 잃고 죽음을 맞는다. 이미 후회해도 때는 늦다. 부모가 제대로 가르치지

않았으니, 물질에 대한 이러한 집착은 자자손손 대물림된다. 그래서 교육이 중요하다.

자신의 자녀가 잘되기를 바라거든 돈 대신 책을 물려주어야 한다. 책 속에 담긴 무궁무진한 지식과 정보를 터득하고 이 지식과 정보를 생활에 적용하는 지혜로운 삶이 곧 앞서 가는 삶, 질 좋은 삶을 만드는 지름길이다. 책은 삼라만상의 존재와 의미를 알고 있다. 삶의 진정한 의미와 바른 삶의 길도 책 속에 담겨 있다. 숭고한 정신과 영원히 사는 길도 책이 가르쳐 준다. 세상에서 가장 값진 유산, 가장 고귀한 유산은 바로 자식에게 책을, 아니 책 읽는 습관을 물려주는 일이다. 돈을 물려주면 언젠가 그 밑바닥이 보일 테지만 책 읽는 습관을 물려주면 자자손손 책을 통해 행복한 삶으로 자신을 이끈다.

한때 우리는 '체력이 국력이다'라는 국가 발전 목표 아래 체력 강화를 장려한 적이 있다. 요즘은 이 말도 바뀌어야 할 듯싶다. 체력도 국력이지만 그보다 더 중요한 것이 정신이기 때문이다. 운동은 몸을 살찌운다. 하지만 독서는 마음을 살찌운다. 집집마다, 혹은 공공장소마다 체력을 단련할 수 있는 시설이 있듯 어느 곳을 가든 눈에 띄는 곳에는 책이 있어야 한다. 시간이 날 때마다 그 빈틈을 지식으로 메워야 한다.

다가오는 주말에는 자녀들의 손을 잡고 부모님이 계신 고향집을 방문해 보는 건 어떨까. 할머니, 할아버지, 또 그분들의 아버지, 어머니의 흔적을 더듬는 것도 자녀들에게 좋은 교육이 될 것이다. 시간이 없다면 낡은 사진첩이라도 들춰 조상님이 남긴 가르침을 찾아보자. 우리나라만큼 집집마다 가훈이 잘 보존되어 내려오는 나라도 드물다. 어느 집이든 조상님의 유훈이 담긴 보물이 하나쯤은 숨어 있을 것이다.

거지의 얼굴에서
예수님을 보다

지금도 고향에 내려가면 꼭 들러 보는 곳이 있다. 바로 구담시장이다. 구담시장에 가면 그곳에 살던 거지 송씨가 먼저 떠오른다. 마을 앞 구담시장은 내가 어렸을 때만 해도 제법 큰 오일장이 섰다. 시장 중앙에는 장날에만 문을 여는 장옥長屋이 있었다. 장옥은 장사꾼들이 물건을 팔 수 있도록 줄지어 세운 시장 건물인데, 평상시엔 문을 잠가 두었다가 장날이 되면 자릿세를 내고 이용하게 하는 건물이었다.

송씨는 장옥에서 다른 거지들 몇과 함께 상주했다. 요즘으로 치면 서울역 같은 곳에 죽치고 누워 있는 노숙자 같은 사람인 셈이다. 초등학교 2학년 때 나는 어머니를 따라 시장에 갔다가 우연히 송씨를 보았다. 많은 거지들 중에서 특히 그가 눈에 띈 것은 결코 잊혀지지 않는 선한 눈빛 때문이었다. 세수를 하지 않아 검게 변한 얼굴, 덥수룩한 수염 사이로 맑고 깨끗한 눈동자 두 개가, 엄마의 손목을 잡고 지나가는 나를 내려다보았다. 너무 맑아 안으로 쑥 빨려 들어갈 것만 같은 신비로운 눈빛이었다. 송씨는 좀처럼 주변 사람과 대화를 하지 않았지만 그렇다고 해서 세상일에 관심 없는 알코올 중독자이거나 감정이나 기억을 상실한 사람은 분명 아니었다.

얼마 뒤 나는 장터에서 다시 송씨를 만났다. 그날은 무슨 일인가로 술에 취한 상인들끼리 싸움을 벌인 날이었다. 엎치락덮치락 드잡이가 벌어지고 구경꾼들이 모여들었다. 그들의 어깨 너머로 나는 송씨의 눈빛을 다시 볼 수 있었다. 무표정했지만 송씨의 눈빛 속에는 찰나에 아픔 같은 것이 스치고 지나갔다. 자신과는 무관한 싸움판에서 보여 준 송씨의 얼굴은 내게 해석하기 힘든 의문 부호를 남겼다.

그날 이후, 나는 시장에 갈 때면 꼭 장옥 근처를 서성이며 송씨를 찾았다. 송씨는 별일이 없는 한 쉽게 찾을 수 있었다. 그는 늘 누런 빛깔이 도는 일본식 오버코트 하나만 걸친 채 지나가는 사람들을 무심히 바라볼 뿐이었다. 신발은 다 떨어져 너덜너덜했고 속옷도 입지 않은 채였다. 송씨는 마치 사람들을 관찰하는 일이 자신의 소임이라도 되는 양 부지런히 지나가는 사람을 눈동냥했고 가끔씩 슬픈 얼굴이 되어 하늘을 쳐다보거나 고개를 갸웃거렸다.

어린 나이였지만, 나는 그를 바라볼 때마다 가슴 저 밑바닥으로부터 알 수 없는 슬픔이 꿈틀거렸다. 날씨가 점점 추워졌기에 그랬는지도 모르겠다. 동정받아야 할 불쌍한 거지가 오히려 사람들을 측은한 듯 쳐다보는 게 신기했다. 나는 나름으로 송씨를 도울 방법을 연구해 보았다. 하지만 나 역시 어른들의 도움을 받아야 할 아이일 뿐이었다. 궁리 끝에 이따금씩 먹을 것이 생기면 송씨에게 가져다주는 것으로 측은한 마음을 달랬다.

날씨가 추워져 살얼음이 언 날, 나는 송씨가 걱정돼 장옥에 가보았다. 송씨는 다른 거지 둘과 함께 지푸라기 위에 앉아 벌벌 떨고 있었다. 찬바람이 싱싱거리며 문틈을 비집고 들어왔다. 밥을 언제 얻어먹었는지조차 알 수 없을 정도로 바싹 야윈 얼굴이었다. 오일장이나서야 제대로 음식을 얻어먹는 신세란 걸 당시에는 알지 못했다. 누가 옷이라도 한 벌 갖다 주었으면 좋았겠지만 다들 어려운 시기여서 선뜻 그러지 못했을 것이란 생각이 든다. 아무튼 그날 저녁은 집으로 돌아와서도 온통 송씨 생각뿐이었다.

다음 날, 나는 등굣길을 이용해 내가 덮던 이불을 말아 들고 장옥을 찾았다. 송씨는 장옥 한구석에서 새우잠을 자고 있었다. 나는 들고 온 이불을 펴 송씨를 덮어 주었다. 인기척에 놀란 송씨가 번쩍 눈을 떴다. 잔뜩 겁을 집어먹은 얼굴이었다. 하지만 이불을 보자 이내 얼굴을 펴고 활짝 웃어 보였다. 송씨의 웃는 얼굴을 본 것은 그때가 처음이자 마지막이었다. 나는 내친김에 가방에 넣어 둔 도시락까지 송씨에게 건네주고 학교로 뛰어갔다.

그뒤 송씨가 어떻게 되었는지는 자세히 기억나지 않는다. 안동으로 충주로 학교를 옮기며 나는 고향을 떠나게 되었으니까. 어른이 된 뒤 문득 송씨 생각이 나서 어머니께 근황을 물어본 적이 있다. 어머니도 유독 송씨만은 기억하고 계셨다. 송씨는 내가 고향을 떠나고 몇 년 뒤 일행과 더불어 자취를 감추었다고 한다. 그들 거지 일행이 어디로 갔는지 아는 사람은 아무도 없었다. 아마도 구담시장이 예전만 못해지면서 이웃한 안동이나 혹은 다른 곳으로 삶의 터전을 옮기지 않았을까 조심스럽게 추측해 볼 뿐이다.

송씨는 세월 저편으로 사라졌지만 그의 선한 눈빛은 영원히 내 가슴에 남았다. 아무런 욕심 없이, 바람처럼 바삐 오가는 사람들을 무심히 쳐다보던 송씨의 얼굴. 그의 눈에 비친 세상은 어떤 것이었을까? 무엇이 송씨로 하여금 슬픈 표정을 짓게 했을까. 진정으로 측은한 사람은 송씨가 아니라 어쩌면 순수성을 잃고 정신없이 살아온 우리가 아닐까.

묘한 것은 이따금씩 기도 중에 떠오르는 예수님 얼굴과 송씨의 얼굴이 하나로 겹쳐 보이기도 한다는 점이다. 어쩌면 송씨는 성 프란시스코 신부가 보았다던 거지 예수가 아니었을까 하는 생각이 들기도 한다. 어른이 된 이후 나는 송씨의 눈빛과 꼭 빼닮은 눈빛을 본 적이 있다. 바로 교황 요한 바오로 2세의 눈빛이다.

나는 1984년, 김해공항에서 서울로 가던 비행기 안에서 한국을 방문한 교황을 직접 인터뷰했다. 인터뷰를 할 수 없게 돼 있었으므로 교황을 알현한 그 자리에서 5분 41초 동안 예정에 없는 인터뷰를 속

전속결로 진행해야만 했다. 이제까지 다른 나라의 신문사나 어떤 방송국 기자들도 교황을 직접 인터뷰한 적은 없었기에 카메라를 들이대고 교황에게 질문을 쏟아 낸 것은 일대 사건이었다. 단독 인터뷰가 진행된 후 세계 유수의 통신들이 서울발로 인터뷰 내용을 타전해 내보냈다. 명실상부한 세계적 특종이었다. 거칠 것 없이 혈기 넘치던 시절의 일이었다.

짧은 시간, 번개처럼 진행된 비행 중의 인터뷰였지만 교황을 가까이서 본 감회는 아직도 생생하다. 특히 인상적이었던 것은 아무것도 담기지 않은 듯한 맑고 깨끗한 그분의 눈빛이었다. 어떠한 욕망의 찌꺼기도 담겨 있지 않은 있는 그대로의 눈빛, 새벽별처럼 맑고 투명하고 순결한 눈, 세상을 보이는 그대로 눈에 담았던 그날 교황의 눈빛은 바로 구담시장 거지의 눈빛이었으며 예수님의 눈빛이었다.

내 별명은
걸레와 염장이

사람들은 저마다 별명 하나쯤을 가지고 산다. 독특한 외모 때문에 별명을 얻기도 하고 일반적이지 않은 이름으로 별명을 얻기도 한다. 특별한 버릇이나 행동도 별명이 생기는 중요한 요소다. 별명은 그 사람을 대변하기도 하고 그 사람을 규정하기도 한다.

나 역시 많은 별명을 달고 살았다. 요즘에는 책 할아버지로 불리지만 예전 별명은 '걸레'와 '염장이'였다. 걸레는 말 그대로 더러운 것을 닦는 천 조각이고 염장이는 시신을 닦는 사람이다. 이 둘은 닦는다는 것 외에도 사람이 꺼린다는 공통점이 있다. 그럼에도 나는 이런 별명이 싫지 않았다. 걸레와 염장이라는 별명 속에는 내 성격과 살아온 날들, 삶의 철학이 그대로 투영돼 있기 때문이다.

염장이는 방송국 기자 시절에 붙은 별명이다. 어느 날 취재용 헬기가 추락하여 동료 기자들이 희생된 일이 있었다. 계곡 사이로 늘어진 전선을 미처 발견하지 못해 일어난 사고였다. 나는 현장으로 달려가 시신을 수습하고 장례 치르는 일을 도맡았다. 그때부터 염장이, 장례위원장 같은 별명이 붙었다.

별명에 걸맞게 그 이후에도 궂은일이 생기면 마다하지 않고 뛰어다녔다. 지금도 나는 결혼식과 같은 경사에는 잘 가지 않지만 장례식에는 꼭 달려가 돕는다. 결혼식은 가지 않아도 즐거운 날이지만 초상집은 다르기 때문이다. 궂은일, 험한 일은 모두가 꺼리기에 늘 일손이 부족하기 마련이다.

걸레란 별명도 비슷한 일로 생겨났다. 그 별명이 처음 생긴 것은 대학 때부터인 듯싶다. 선후배들과 어울려 술을 마시다 보면 항상 돌발 상황이 일어난다. 누군가는 술에 취해 정신을 놓기도 하고 시비가 붙기도 한다. 특히 주사가 심한 사람을 다루는 일은 매우 힘이 든다. 그래도 사람들은 내가 있는 한 안심하고 술을 마셨다. 술자리가 끝나면 나는 취한 사람들을 집까지 데려다 주었고 뒷정리를 책임졌다. 뒷정리를 한다는 건 힘든 일이지만, 누군가 걸레질을 하기에 걸레가 지나간 자리가 깨끗해지는 것이다.

많은 사람들은 당장 눈에 보이는 깨끗한 일만 좇는다.
청소를 할 때 나는 보이는 곳만 청소하는 것을 대단히 싫어한다. 거실 텔레비전을 닦을 때도 앞쪽 먼지만 제거하는 게 아니라 앞뒤,

상하좌우 꼼꼼히 청소한다. 집도 마찬가지다. 어떤 집엘 가면 대문이며 정원은 멋있게 꾸며 놓았지만 뒤로 돌아가면 쓰레기가 널려 있는 경우가 많다. 자기 자신이 깨끗해지고 싶어서가 아니라 보여 주기 위해 집을 가꾸는 것이다. 보이는 곳이 깨끗해서 느끼는 즐거움은 시각이 느끼는 행복함이다. 하지만 보이지 않는 곳까지 깨끗함을 유지하면 마음까지 깨끗해진다.

인생도 마찬가지다. 어떤 사람들은 성공한 사람만 보려고 한다. 하지만 실패한 사람을 보고 배워야 한다. 실패를 통해 배우는 것이 성공한 모델을 배우는 것보다 훨씬 빠르다. 실패한 사람을 따라가다 보면 그 사람의 실패를 넘어설 수 있는 교훈이 생긴다. 성공한 사람을 따라가면 언제나 그 사람의 그늘 아래 머물게 된다. 콜럼버스가 아메리카 대륙을 발견한 건 아무도 가지 않은 길을 갔기 때문이다. 그러니 편한 길, 쉬운 길로 갈 생각을 하지 말고 어려운 길을 택해야 하지 않을까. 돌아갈 생각을 하지 말고 정면으로 부딪혀야 한다.

처음 산간벽지에 책 보내 주는 일을 시작했을 때, 지금과 같은 결과가 있으리라 예상하거나 기대했던 건 아니다. 나는 단지 사람들에게 희망의 메시지를 전달하고 싶었다. 소박하게 시작한 그 일이 지금은 130개가 넘는 도서관으로 연결되었다. 그러나 나는 지금도 200개니 300개니 목표를 정해 놓고 길을 가지 않는다. 다만 이 땅에 책을 읽고자 하는 이들이 존재하는 한 어디든 버스에 책을 싣고 신나게 달려갈 뿐이다.

　만약 처음 시작할 때부터 수백 개의 도서관을 세우기로 계획했었다면 겁부터 먹고 포기했을지도 모른다. 예산과 인력은 어떻게 충당할지, 사회적인 시선은 어떨지 이것저것 따지고 셈해야 할 것들이 너무나 많았을 것이기 때문이다. 그래서 나는 복잡한 생각을 버리고 단순하게 머리를 비웠다. 명예를 얻을 생각도, 내 이름자를 빛내고 싶은 마음도 없었다. 그저 나는 마음이 이끄는 대로 이 일이 옳다고 믿었고 그러기에 의심 없이 시작했다.

　세상사 모든 일이 이와 같지 않을까. 옳은 일이라는 자신이 섰다면, 평생을 바칠 만한 일을 발견했다면 앞뒤 가리지 말고 우선 시작부터 하고 볼 일이다. 시작을 하면 길이 보인다. 일종의 기준점이 생기기 때문이다. 기준점이 생기면 가야 할 방향이 보이고 다음 고지가 정해진다. 그런데·사람들은 시작도 하기 전에 어렵다, 힘들다 미리 단정을 지어 버린다. 안 하는 것이지 못하는 것이 아니다. 자신의 신념이 옳다면 우선 부딪히고 볼 일이다.

기사님은
어느 쪽으로 가십니까?

어떤 승객이 택시를 탔다.

그는 택시 문을 닫자마자 소리쳤다.

「전속력으로!」

운전사가 물었다.

「손님, 어디로 모실까요?」

손님이 대답했다.

「그런 건 알 필요 없어요. 그냥 전속력으로!」

— 한바다 우화집 《덕담》 중에서

바쁘게 이동할 일이 생기면 택시를 이용하게 된다. 택시를 타면 여러 유형의 기사를 만나는데 택시 기사에는 크게 두 부류의 사람이 있다. 첫 번째 유형은 우선 택시부터가 깔끔하다. 비록 낡은 차일지라도 정성껏 안팎을 청소하고 손님으로 하여금 청결한 택시에 오르도록 배려한다. 목적지에 관계없이 손님을 태우면 먼저 상냥하게 인사를 건넨다. 신호를 위반하지도 않을뿐더러 차가 밀려 짜증이 나도 웃는 얼굴로 느긋하게 운전한다. 이런 기사를 만나면 잔돈이 남아도 받기가 왠지 미안하다.

다른 유형은 첫 번째 유형과 모든 게 정반대다. 택시는 지저분하기 짝이 없고 손님이 타도 인사는커녕 오만상을 다 찡그려 기분을 잡치게 한다. 급제동과 급브레이크, 신호 무시는 예사이고 차가 막히면 욕설도 서슴지 않는다. 전화가 오면 양해도 구하지 않고 큰 소리로 전화를 받고 위험천만하게 운전한다. 이런 자들은 십중팔구 목적지에 도착해도 잔돈을 내주기 싫어 꾸물거리고 잘 가란 말도 없이 휑하니 사라지기 십상이다.

같은 사람인데 사는 방식이 왜 이렇게 다를까.

전자의 기사가 손님을 서비스 대상으로 본다면, 후자의 기사는 손님을 돈으로 보기 때문일 것이다. 전자는 일을 즐기지만 후자는 늘 싸움하듯 인생을 살아가니 결과적으로 건강도 잃고 성격도 나빠진다. 같은 일을 하는데도 사람의 격이 이렇게 다른 것이다. 이제는 바뀌어야 한다. 후자의 삶을 전자로 바꾸는 일에는 돈 한 푼 들지 않는다. 특별한 교육도 필요 없다. 어느 날 문득 깨닫기만 하면 된다. 이런 삶이 바로 신과 소통하는 삶이다. 신이 맡겨 놓은 역할을 충실히

이행하는 삶이다.

 길게 본다면 인생 또한 어디로 흘러갈지 알 수 없는 택시가 아닐까. 내일 내 택시에 어떤 손님이 오를지, 어디로 갈지, 택시가 서버리지는 않을지, 우리는 결코 알 수 없다. 때문에 바르게 내일을 예비하며 다만 현재에 충실할 뿐이다. 돈을 좇아 전속력으로 달려가는 택시는 그만큼 교통경찰에게 걸릴 위험도 높고 사고가 날 확률도 크다. 자기 자신의 피해로 끝나는 게 아니라 자칫 잘못하면 다른 사람들에게까지 피해를 입힌다. 빨리 가려고만 하지 말고 현실에 최선을 다해야 한다.
 결산은 신의 몫이지 인간의 몫이 아니다.

따스한 밥을 나누는
책 교회

시詩 한 편에 삼만 원이면
너무 박하다 싶다가도
쌀이 두 말인데 생각하면
금방 마음이 따뜻한 밥이 되네

시집 한 권에 삼천 원이면
든 공에 비해 헐하다 싶다가도
국밥이 한 그릇인데
내 시집이 국밥 한 그릇만큼
사람들 가슴을 따뜻하게 덥혀 줄 수 있을까
생각하면 아직 멀기만 하네

시집이 한 권 팔리면

내게 삼백 원이 돌아온다

박리다 싶다가도

굵은 소금이 한 됫박인데 생각하면

푸른 바다처럼 상할 마음 하나 없네

— 함민복, 〈긍정적인 밥〉

커다란 간판도, 그 흔한 십자가도 없는 교회가 있다. 강남구 청
담동, 작은 빌라 건물 지하에 자리한 한길교회다. 밤이면 허공을 수
놓는 울긋불긋한 네온 십자가와 간판만 없을 뿐이지 여느 교회와 하
나도 다를 바 없다. 일요일 오전 11시면 어김없이 손에 손을 잡은 가
족들이 하나 둘 모여들어 주일 예배를 드린다.

주일이면 나는 아침 일찍 강원도 평창, 수림대를 떠나 서울의 교회
에 닿는다. 설교할 내용도 꼼꼼히 챙긴다. 도서관 설립 문제로 바빠
전국을 돌아다니다가도 주일에는 반드시 교회로 돌아온다. 정신없
이 바쁜 삶이지만 교회 문을 열고 들어서는 순간 나는 모든 피로를
잊고 평화와 안식을 찾는다. 안식 속에서 새롭게 다음 한 주를 지탱
할 에너지를 얻고 지난 한 주를 되돌아본다.

처음 교회를 찾아온 사람들은 문을 열고 들어왔다가도 잘못 찾아
온 게 아닌가 싶어 나가 버리기 일쑤다. 교회가 책 창고를 겸하고 있

기 때문이다. 도서관을 여는 일은 보기와 달리 대단히 복잡한 작업이다. 지자체들과 협약도 해야 하고, 지역 주민의 의견도 들어야 하며 지역 안배도 생각해야 한다.

가장 힘든 건 책을 분류하고 발송하는 일이다. 대충대충 권수만 맞춰 책을 보낸다면 애써 수고할 아무런 이유가 없다. 한 개의 도서관을 여는 것보다 더 중요한 것은 눈높이에 맞는 책을 선정하는 일이다. 지역 주민이 읽지도 않을 책을 생색내기로 보낸다면 도서관 건립 운동은 하나 마나 한 전시용 행사가 되고 말 것이기 때문이다.

우리 단체는 여러 곳에 책 보관 창고를 운영하고 있다. 예배가 없을 때 비어 있기 마련인 교회는 책을 보관하고 분류하기에 안성맞춤의 공간이다. 그러다 보니 예배를 보러 온 신도들은 늘 이런저런 책에 둘러싸여 예배를 드린다. 당연히 책에 대해 관심을 가질 수밖에 없다. 그만큼 책을 더 읽게 될 거라는 기대도 크다.

예배가 끝나면 교인들은 바로 자리를 뜨지 않고 서너 명씩 모여서 정담을 나눈다. 한쪽에선 의자들을 치우고 식탁을 배열하느라 분주하다. 식탁 만들기가 끝나면 미리 준비한 밥과 국, 반찬을 접시에 담아 전 교인이 맛있게 점심 한 끼를 같이 먹는다. 함께 밥을 먹으며 서로의 안부도 묻고 세상 돌아가는 이야기도 나눈다. 가족 같은, 한길교회만의 독특한 풍경으로, 정이 새록새록 싹트는 순간이기도 하다.

한길교회는 교회이기 전에 하나의 가족 공동체다. 교회 가족은 전부 합쳐도 20가족, 많아도 100명이 넘지 않는다. 언제부턴가 교인

수를 늘리고 대형 교회를 신축하는 게 교회의 일반적인 현상이 돼버렸지만, 한길교회는 그런 것에 연연하지 않는다. 십자가가 없으니 가까운 지역 주민들조차 교회의 존재를 잘 알지 못할 정도다.

전도 제일주의와 교세 확장은 한국 교회가 바로잡아야 할 걸림돌이다. 목회자가 하나님의 위임을 받은 사람이라면 신자들은 양에 비유할 수 있다. 교세 확장에 매달리면 온갖 명분으로 헌금을 강요하게 되고 결국은 자신이 인도해야 할 양들을 수탈하게 된다. 양들은 어느 짐승보다 스킨십이 필요한 동물이다. 한길교회가 교인 수를 제한하는 이유다. 한 명 한 명의 영혼을 보듬기에는 사실 20가족도 벅차다. 많은 목회자들이 이러한 본분을 잊고 교세 확장에만 매달리는 현상은 안타까운 일이 아닐 수 없다.

대다수의 목회자들이 교회에 와서 구원을 받으라며 사람들을 전도한다. 하지만 어떻게 구원을 받게 할 것인가? 우주선이 화성으로, 태양계 밖으로 날아가는 시대에 무조건 예수 믿고 구원받으라는 말로는 더 이상 지친 영혼을 설득할 수 없다. 무조건 예수님만 믿으면 구원도 받고 천당도 간다고 가르친다면 시장에서 약을 파는 약장수와 다를 바 없어 보인다.

나는 하나님께서 교회와 목회자에게 주신 역할을 찾고 싶었다. 무조건 교회에 나와 하나님을 믿음으로써 구원받는 게 아니라, 하나님이 자신에게 내린 고유의 역할을 발견하고 그 역할을 통해 구원의 길로 나아가도록, 신을 만날 수 있도록 하고 싶었다. 때문에 한길교회 신도들은 교회에 나오는 것에 그치지 않고 책 나누는 일을 후원하고, 또 주일 예배가 끝난 뒤 함께 전 교인이 밥을 나눔으로써 공동체 의식을 느끼고 소속감을 얻는다.

또한 지난 한 주를 돌아보고 어떻게 하면 좋은 책을 사람들과 더 많이 나눌 수 있을까에 대해 고민하기도 한다. 교인들이 소속감을 갖고 함께 하는 책 나누기 운동은 한국 기독교의 문제점에 대한 한길교회의 고민을 담은 나름의 해결책인 셈이다.

시 한 편을 잡지사에 팔아 3만 원의 원고료를 받는 시인은, 그러나 절망하지 않고 그것을 삶의 긍정으로 받아들였다. 한 편의 시는 쌀 두 말이 되고 그 쌀은 시인이 또 다른 시를 쓸 수 있는 따스한 밥이 된다. 시집 한 권 값은 비록 3천 원이지만 또한 따스한 국밥 한 그릇 값이며, 인세 3백 원으로는 굵은 소금 한 됫박을 살 수 있기 때문이다. 이웃과 나누는 책 한 권도 이와 같지 않을까.

한 편의 시를 세상과 나누는 시인처럼 밥 한 끼를 통해 정을 나누고 이웃과 책을 교류하는 것, 바로 한길교회가 추구하는 새로운 이웃 공동체 모델이다. 버스에 책을 싣고 아이들을 만나러 가는 그 길 위에서, 책으로 둘러싸인 예배당에서, 한 끼 밥을 나누는 자리에서, 우리는 수시로 신을 느끼며 신의 목소리를 듣는다.

교회 이름인 '한길'의 사전적인 의미는 '큰 길', 혹은 '하나의 길'이다. '신을 향해 걸어가는 하나의 큰 길', 생명의 길이다.

신과의 대화

오래전 일이다.

하루는 한 남자가 교회 문을 열고 들어왔다. 양복은 잔뜩 구겨진 채였고 넥타이도 풀려 있었다. 술을 마셨는지 눈동자가 흐릿했다. 사내는 나를 보더니 대뜸 목사님이냐고 물었다. 그렇다고 대답하자 사내는 비틀거리며 다가와 의자에 주저앉았다. 물을 한잔 권하자 달게 마신 뒤 푸념을 늘어놓았다.

「신이 정말 있습니까? 신이 있으면 뭐합니까? 세상이 이렇게 불공평한데.」

나는 이야기도 들어줄 겸 그의 곁에 앉았다.

「신은 있습니다. 의심하면 안 되지요.」

사내는 코웃음을 흘렸다.

「신이 있다고요? 있으면 신을 좀 만나게 해주십쇼. 안 그래도 내할 말이 참 많습니다.」

「신을 만나서 무얼 하시게요?」

「도움을 청하게요. 아니, 묻고 싶습니다. 도대체 세상이 왜 이렇게 미쳐 돌아가는지. 진정으로 신이 계시다면 바로잡아야 하지 않습니까?」

「신은 인간의 일에 개입하지 않습니다. 인간의 자유 의지가 선하게 바뀌도록 영적으로 도움을 주실 뿐이지요. 무슨 일이 있었는지 얘기나 들어 봅시다. 적어도 이 교회 안에서만큼은 제가 신을 대리하는 사람이니까 뭔가 도움을 드릴 수 있지 않을까요?」

사내가 한숨을 내쉬며 이야기를 시작했다. 그는 교회 가까운 곳에 사무실이 있는 한 무역 회사 중견 과장이었다. 회사가 기울어 간부급 사원에 대한 해고가 단행됐는데 자신보다 훨씬 실적이 못 미치는 동료들은 살아남고 자신이 해고 명단에 끼었다는 것이다. 살아남은 사람들은 뇌물을 썼거나, 평소 인사 담당자와 친했던 사람들이었다.

「참으로 억울합니다…….」

사내는 고개를 숙인 채 괴로워했다.

「정말로 신에게 이유를 묻고 싶습니까? 신의 대답을 듣고 싶습니까?」

사내가 비틀거리며 자리에서 일어날 무렵 내가 물었다.

「그렇습니다. 할 수 있다면…….」

나는 힘주어 말했다.

「지금 당장 기도를 해보세요.」

「난 종교가 없습니다.」

「괜찮습니다. 선생님이 불교를 믿든 천주교를 믿든, 또 종교가 있건 없건 그런 건 중요하지 않습니다. 그냥 차분히 마음을 모으고 기도를 해보세요. 무엇이 문제였는지, 원망스러운 이들의 면면을 떠올리며 의문을 던져 보세요. 기도에 반드시 해답이 따를 겁니다. 당장은 괴로우시더라도 마음을 열고 내부의 목소릴 들어 보세요.」

사내는 잠시 나를 쳐다보더니 그대로 교회 문을 열고 나갔다.

나는 어려움에 처한 사람들을 보면 그 해법으로 기도를 권한다.

기독교인의 입장에서 보자면 기도는 하나님과의 대화이다. 신은 눈으로 확인할 수 있는 존재가 아니다. 오로지 믿음 속에서 존재한다. 전화를 걸 수도, 이메일을 보낼 수도 없다. 하늘을 향해 소리를 친다 한들 신에게 닿지 않는다. 하지만 기도는 다르다. 간절한 기도 한마디에 신은 언제 어디서든 반드시 해답을 주신다.

어떤 사람들은 열성적으로 기도를 올려도 대답이 없다고 투덜거린다. 하지만 신은 기도한다고 다 들어주지 않는다. 어린아이와 아버지의 관계를 비교해 보자. 열 살도 넘지 않은 소년이 오토바이를 사달라고 아무리 졸라 댄다 해도 그 아버지는 십중팔구 아들의 소원을 들어주지 않을 것이다. 기도도 마찬가지다. 기도한다고 해서 다 들어주는 게 아니다. 때론 무응답이 응답일 수도 있다.

아파트를 당첨되게 해달라고, 병을 낫게 해달라고 청하면 안 된다. 다만 소원을 이룰 수 있는 지혜를 갈구해야 한다. 부자가 될 수 있는 지혜를, 부자가 될 수 있는 삶을 살게 해달라고 기도해야 한다. 병을 이겨 낼 수 있는, 병을 낫게 할 지혜를 달라고 기도해야 한다. 이렇듯 진심으로 기도할 때 신은 인간의 기도를 외면하지 않는다. 더구나 그런 기도가 자신의 일이 아닌, 이웃을 위한 기도일 때 신은 반드시 답을 주신다.

나는 만나는 사람들에게 기도의 세 가지 단계를 강조한다. 첫 단계는 구하는 단계다. 예를 들어 중도금 8천만 원이 부족해 집을 날리게 된 사람이 있다고 치자. 그 사람이 하나님께 돈을 달라고 기도를 한들 갑자기 하늘에서 뚝 하고 돈이 떨어지겠는가. 하나님은 꿈쩍도 하지 않는다. 기도를 통해 그 난관을 헤쳐 나갈 수 있는 방법을 구해야 한다. 신은 그 기도에 반드시 응답해 주신다. 방법을 찾았다면 다음 단계는 움직이는 단계다. 앉아서 기도만 하지 말고 사람도 만나고 은행에도 가보고 할 수 있는 모든 노력을 기울여야 한다. 다음 단계는 두드리는 단계다. 돈을 마련할 때까지 포기하지 말고 방법을 찾아야 한다. 기도는 기적이 아니다. 스스로를 움직이게 하는 힘이다. 방 안에 가만히 앉아 감이 떨어지길 바라며 기도만 한들 절대로 구해지지 않는다.

가장 좋은 기도는 타인을 위한 기도다. 자기 자신을 위해서보다 주변의 다른 사람들, 더 큰 것을 위해 기도해야 한다. 두 사람이 각자 자기 자신을 위해 기도할 때 기도는 한몫이지만 두 사람이 서로를 위해 기도하면 기도는 두 개의 몫이 된다. 자기만을 위한 하나의 목소리와 상대방을 향한 두 개의 목소리, 그 차이는 하늘과 땅이다. 이웃에 관심을 가져야 한다. 인간은 유아독존할 수 없다. 둘이 협력하고 셋이 협력하면 어떤 일도 극복할 수 있다. 관심은 선한 바탕 위에서 시작된다. 서로 돕고 협동하다 보면 슬픈 일, 궂은일이 모두 하나의 그릇에 담긴다. 애통한 일도 위로하고 나누면 무디어진다.

어떤 분들은 죽음을 극복할 방법을 내게 묻기도 한다. 내가 제시할 수 있는 해법은 이번에도 역시 기도다. 기도를 통해 신과 소통하면 해답을 얻을 수 있다. 내일 하루도 무사하게 해달라는 기도보다 내 영혼을 아버지 손에 맡긴다는 생각으로 기도해야 한다. 기도에 그치지 말고 실제로 맡겨라. 자동차 운전을 하고 장거리 여행을 떠날 때, 무사고를 기원하기보다는 하나님께 영혼을 맡겼다는 생각으로 편안하게 운전해 보자. 아버지 손에 운명을 넘겨주었다면 두려울 것도 없다. 입으로는 믿는다고 하면서 왜 운명을 두려워하는가. 인생도 마찬가지다. 열심히 최선을 다한 뒤 결과는 하나님 손에 맡기는 것이다.

도서관 만드는 일에 탄력이 붙으면서 나는 한시도 한자리에 가만히 있지 못한다. 하루는 강원도로, 하루는 고성으로, 하루는 거제로 정신없이 돌아다닌다. 때문에 시간에 늦어 과속을 할 때도 있고 폭우가 내리는 위험한 빗길을 달릴 때도 있다. 하지만 내 마음은 편안하다. 내 생명을 하나님께 맡겼기 때문이다. 다른 표현을 빌리자면 마음을 비웠기 때문이다. 죽든 살든 인간의 생명은 어차피 신의 품 안에 있다. 신의 왼손에서 나와 신의 오른손으로 돌아가는 게 인간의 생명이다. 두려워할 아무런 이유가 없다.

죽음이 두려운 이유는 죽음과 함께 모든 게 끝난다고 생각하기 때문이다. 하지만 그렇지 않다. 죽는 순간에도 살아 있는 채로 가야 한다. 생명이 다하는 그 순간에도 살아 있다는 생각으로 숨을 넘겨야 한다. 외피를 벗어던지는 것뿐이다. 단지 옷을 갈아입는 것인데 두려울 게 무엇이 있겠는가. 지금보다 더 좋은 삶을 위해 생명을 옮겨 가는데, 신이 계신 곳으로 신을 만나러 가는데 무엇이 두려운가. 죽음은 다만 강 저편으로 건너가는 것뿐이다.

죽음이 두려운 또 다른 이유는 미련 때문이다. 세상에 남겨 둔 미련과 못다 한 욕망 때문에 다른 세상으로 떠나는 게 두려운 것이다. 내려놓아야 한다. 물이 가득 담긴 항아리에 새 물을 부으려면 기존의 물을 비워 내야 한다. 비우지 않고는 새 물을 담지 못한다. 평생을 가득 채웠던 욕망의 항아리를 비우고 홀가분하게 새 삶을 맞으라. 그것이 죽음에 임하는 자들의 진정한 자세다. 꽁꽁 싸들고 갈 수 없는 게 이승의 재물이다.

기도란 인간이 할 수 있는 신을 향한 최상의 대화다.

앞날이 두렵거든, 불안하거든, 삶이 괴롭거든 기도를 해보는 건 어떨까. 기도는 돈도 한 푼 들지 않는다.

대신 신의 무한한 축복과 사랑을 경험할 수 있다.

당신이 보고 계십니다

신이 존재한다는 것은 내게 큰 위안이다.

힘이 들 때, 지쳐 포기하고 싶을 때, 나는 신이라는 큰 나무에 기대어 쉰다. 신은 그늘로 해를 가려 주고 넓은 잎으로 비를 피하게 해준다. 어떠한 경우에도 내치지 않고 품어 준다. 늘 용서를 구하는 마음으로 산다. 그래선지 잃은 것보다는 얻은 게 많다. 담배도 끊고 술도 줄였다. 내 욕망을 위해 돈을 쓰지도 않는다. 아이들에게 책을 전하는 전도사가 되려면 눈높이 또한 책을 받게 될 아이들과 맞추어야 한다. 아이들 얼굴을 떠올리면 자연히 열심히 살 수밖에 없다.

세상은 음과 양, 선과 악으로 이루어져 있다. 밤이 있으면 낮이 있고, 남자가 있고 여자가 있다. 악은 선을 구현하기 위해 창조주가 마런한 장치다. 뱀이 이브를 꼬여 사탄의 상징이 됐지만 예수께서는 뱀의 지혜도 배울 점이 있다고 말씀하셨다. 악이 없으면 선이 증명될 수 없다. 어둠이 있으니 상대적으로 낮이 찬란히 빛날 수 있는 것이다. 두 개의 물체가 부딪힐 때 비로소 힘이 생기고 운동 에너지가 생겨나는 이치와 같다. 결론적으로 악도 하나님의 창조물이라는 점이다. 세상은 상대적일 때 비로소 존재한다.

죄도 상대적으로 생겨났다. 뉘우치면 어떤 죄도 용서받지 못할 것은 없다. 바리새인들이 간음한 여자에게 돌을 던지려고 할 때, 예수께서 죄 없는 자는 앞으로 나서서 돌을 던지라 하셨다. 아무도 던질 수 없었다. 세상에 태어난 이상 우리는 누구나 원죄를 안고 살아간다. 원죄뿐 아니라 타인과 경쟁하며 알게 모르게 짓게 되는 무수한 죄들이 있다. 자각하는 죄보다 그렇지 못하는 죄가 더 많다. 인간이 신을 의지하는 이유는 이렇듯 스스로 알지 못하고 행한 일들에 대해 용서를 구하기 위함이다.

둘째 아이를 잃고 나서 나는 한동안 죄에 대한 강박 관념에 시달렸다. 너무도 고통스러워 숨조차 쉬기 힘들었다. 그러나 시간이 흐르자 마음의 여유가 생겼다. 그 모든 일이 왜 일어났는지 돌아보게 되었다. 나는 열심히 기도했다. 기도 이외에는 달리 할 일이 없었다. 그리고 모든 걸 하나님께 맡겼다. 죄조차 맡겼다. 그러자 마음이 한결 가벼워졌다.

물론 내가 완전히 용서받았다고는 생각하지 않는다. 나는 늘 끝나지 않은 신의 진노 앞에 두려움을 느낀다. 만약 천국과 지옥이 있다면 굳이 천국을 가기 위해 발버둥치고 싶은 마음도 없다. 다만 내가 죽어 눈 감는 그날까지 죗값을 치르며 살아갈 뿐이다. 어쩌면 죄를 갚는다는 마음 자체가 잘못된 것인지도 모른다. 죄의 값을 어떻게 매길 수 있을까. 누가 그 값을 비교하여 죄가 끝났다고 선언할 수 있을까. 인간은 결코 그렇게 할 수 없다. 오직 신만이 그 일을 할 수 있을 뿐.

믿음이란 더 큰 존재에 대한 경외심에서 출발한다. 이 우주가 우연히 생겨나지 않았다는 생각, 만물이 존재함엔 다 이유가 있다는 생각, 인간에게 닥치는 크고 작은 시련들도 더 큰 존재의 뜻이라는 생각, 그걸 자각하는 순간 인간은 두려운 마음으로 살게 된다. 그리고 매 순간 깨어 있는 삶을 살게 된다. 한순간도 헛되게 살 수 없게 된다.

인간에게 신의 역할은 그런 것이다.

내 생애 단 한 번의 약속

초판 1쇄 발행일 · 2008년 8월 10일
초판 4쇄 발행일 · 2008년 8월 20일
지은이 · 김수연
펴낸이 · 임성규
펴낸곳 · 문이당

등록 · 1988. 11. 5. 제 1-832호
주소 · 서울시 중구 장충동 2가 186-39 장충빌딩 3층
전화 · 928-8741~3(영) 927-4990~2(편)
팩스 · 925-5406
© 김수연, 2008

홈페이지 http://www.munidang.com
전자우편 webmaster@munidang.com

ISBN 978-89-7456-416-2 03810

이 책의 인세 전액과 판매 수익금의 일부는
네이버 해피빈을 통해 '작은 도서관 만들기 운동'에 쓰여집니다.

작은 도서관 만들기 운동_도서관 개설 현황(2008.07 현재)

_전라북도

① 원천마을 도서관_전북 남원
③ 위도마을 도서관_전북 부안
⑤ 변산마을 도서관_전북 부안
⑩ 입암마을 도서관_전북 정읍
⑯ 개야도마을 도서관_전북 군산
⑰ 야미도마을 도서관_전북 군산
⑤⑤ 완주마을 도서관_전북 완주
⑫④ 줄포마을 도서관_전북 부안

_전라남도

⑦ 마산마을 도서관_전남 해남
⑳ 장도마을 도서관_전남 보성
㉕ 노동마을 도서관_전남 보성
㉗ 함평마을 도서관_전남 함평
㊶ 웅치마을 도서관_전남 보성
㊺ 증도마을 도서관_전남 신안
⑥④ 북일마을 도서관_전남 장성
㊆③ 구림마을 도서관_전남 영암
㊆⑥ 서정마을 도서관_전남 해남
⑩⑤ 현산남마을 도서관_전남 해남
⑩⑦ 칠량마을 도서관_전남 강진
⑪③ 작천마을 도서관_전남 강진
⑫⑤ 도암마을 도서관_전남 강진
⑫⑦ 시종마을 도서관_전남 영암

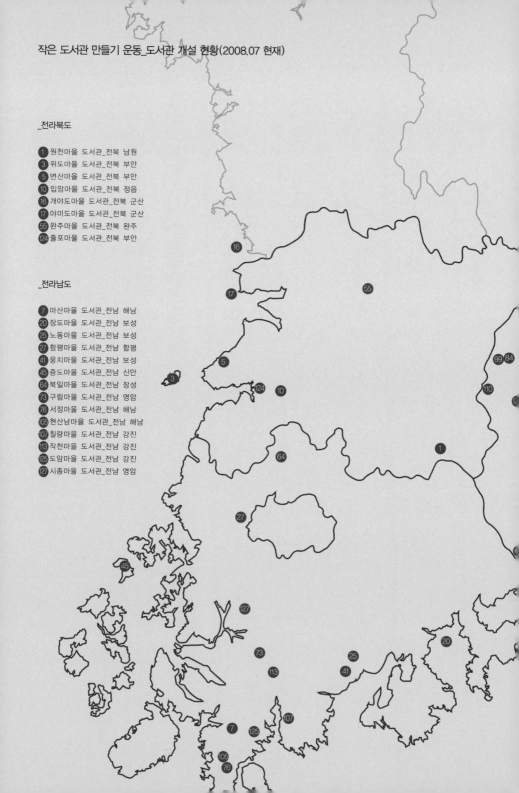

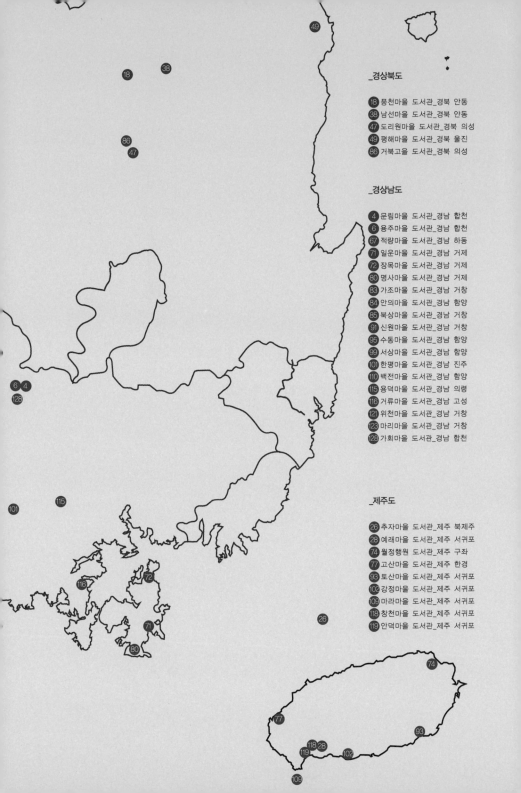

_경상북도

18 풍천마을 도서관_경북 안동
38 남선마을 도서관_경북 안동
47 도리원마을 도서관_경북 의성
49 평해마을 도서관_경북 울진
86 거북고을 도서관_경북 의성

_경상남도

4 문림마을 도서관_경남 합천
6 용주마을 도서관_경남 합천
67 적량마을 도서관_경남 하동
71 일운마을 도서관_경남 거제
72 장목마을 도서관_경남 거제
80 명사마을 도서관_경남 거제
83 가조마을 도서관_경남 거창
84 안의마을 도서관_경남 함양
85 북상마을 도서관_경남 거창
91 신원마을 도서관_경남 거창
95 수동마을 도서관_경남 함양
99 서상마을 도서관_경남 함양
101 한평마을 도서관_경남 진주
110 백전마을 도서관_경남 함양
115 용덕마을 도서관_경남 의령
116 거류마을 도서관_경남 고성
121 위천마을 도서관_경남 거창
123 마리마을 도서관_경남 거창
128 가회마을 도서관_경남 합천

_제주도

26 추자마을 도서관_제주 북제주
28 예래마을 도서관_제주 서귀포
74 월정행원 도서관_제주 구좌
77 고산마을 도서관_제주 한경
93 토산마을 도서관_제주 서귀포
102 강정마을 도서관_제주 서귀포
109 마라마을 도서관_제주 서귀포
118 창천마을 도서관_제주 서귀포
119 안덕마을 도서관_제주 서귀포